TRA FUOCO E GELO

GHIACCIO CREMISI
LIBRO 3

WILLOW FOX

SLOW BURN PUBLISHING

Pubblicato da Slow Burn Publishing

Cover Design by GetCovers

Edited by Marla VanHoy

Proofread by Jen S. and Ami K.

Tradotto da davide_angelino

UNO

LUCA

Mi ha lasciato, cazzo.

Mi sento malissimo, pieno di terrore, rabbia e disperazione mentre accartoccio il biglietto e lo getto nel cestino.

«Non posso credere che mi abbia lasciato con un biglietto.»

La rabbia ribolle nel mio sangue e strappo via il papillon, slacciando i bottoni dello smoking.

Oggi non ci sarà nessun matrimonio.

Dante sarà felicissimo. Non voleva nemmeno che sposassi Harper.

Aveva cercato di farla sposare con Ashton.

Io, invece, sono distrutto. Non sono sicuro che fuggire fosse la migliore delle due opzioni: sposare Ashton o scappare. Dunque, sposare me doveva essere così terrificante.

Mi sento come se stessi per vomitare.

Mi volto verso la porta, oltrepassando Ashton mentre esco furioso dalla stanza. La casa mi sembra incredibilmente piccola e mi precipito fuori, avendo bisogno d'aria per respirare.

L'aria fresca non è sufficiente, ma il freddo mi intorpidisce e attutisce i miei sensi. Non allevia però il dolore nel mio cuore.

Le lacrime minacciano di offuscarmi la vista, ma non voglio che nessuno le veda, né Ashton, né Kensley, e certamente non mio padre.

La porta si spalanca alle mie spalle.

Non oso guardare chi mi sta inseguendo.

Sono devastato dentro.

Non perdonerò mai Harper.

Può correre, ma non può nascondersi.

Come una bufera, rientro in casa, esigendo mio padre. «Dante!» La mia voce rimbomba con un ruggito mentre sento la rabbia scorrere dentro di me.

Il calore irradia dal mio corpo. Il papillon è sparito, la giacca sbottonata, e sto ancora sudando.

Dante sente la mia voce, o forse è l'uragano che mi segue mentre i suoi uomini sciamano come se avessi bisogno di aiuto.

Non devo dirlo.

Dante mi fissa, ed è come se lo sapesse.

Lo sa perché l'ha capito da solo o perché qualcuno gliel'ha detto?

«Voglio che Kensley venga trattenuta,» ringhio e punto il dito verso la ragazza con il vestito viola scuro che si trova a pochi passi di distanza.

«Cosa?» I suoi occhi si spalancano, e fa diversi passi indietro ma urta contro Moreno.

Lui la afferra per il braccio, trascinandola lungo il corridoio.

«Per favore, no!» urla lei, lottando per la sua vita.

Io sto lottando per la mia.

Per mia moglie.

Correzione.

Per la moglie che avrei dovuto avere e il bambino che sarebbe diventato mio figlio.

Ashton si avvicina. «Sei sicuro che dovremmo farlo adesso?» mi sussurra all'orecchio.

«La colpa è tua.» Gli lancio un'occhiataccia. «Se non avessi preteso che sposasse *te*, forse non sarebbe scappata.»

Ashton tace.

Lo sguardo di Dante si sposta da Ashton a me. Chiaramente, è sorpreso che io sia al corrente di ciò che accade sotto il suo tetto.

A quanto pare, abbiamo tutti i nostri segreti.

Kensley viene trascinata giù nella cella del seminterrato, scalciando e urlando.

Nessuno li ferma o l'aiuta.

Mi guardo intorno e non vedo traccia dei genitori di Harper. Gli unici ospiti presenti oggi sono tutti consapevoli della casa in cui si trovano: quella della mafia.

Sono amici di famiglia, non semplici conoscenti. Gli invitati alle nozze sono o persone che lavorano per Dante o persone venute su sua insistenza.

Tutti sanno che fa parte della mafia.

Nessuno osa intervenire.

Non sono così sciocchi da pensare di avere una minima possibilità di calmare un boss della mafia. Ma Dante è relativamente calmo, e sono io quello alimentato dalla rabbia e dal tradimento.

L'odio brucia più forte e più intensamente dell'amore.

Il tradimento mi brucia la pelle, mi lambisce la lingua e mi riempie di odio.

Scendo come una furia le scale del seminterrato, trovando Kensley legata a una sedia metallica, con gambe e braccia già immobilizzate. Moreno è stato veloce con le corde e le catene. Non è il suo primo interrogatorio, anche se di solito è Matteo il nostro interrogatore.

Ma voglio essere io a interrogare Kensley.

Merito di essere io a condurre l'interrogatorio.

«Per favore,» supplica Moreno, e io gli faccio cenno di allontanarsi.

«Lasciaci un minuto,» dico e gli faccio segno di salire le scale e tornare di sopra.

Ci sono lacrime negli occhi di Kensley, e lei fatica a riprendere fiato. Ha le guance arrossate e il corpo tremante.

Moreno sale le scale, lasciandomi solo con la migliore amica di Harper.

«Per favore, devi aiutarmi,» mi supplica.

Mi inginocchio accanto a lei, arrivando al suo livello degli occhi. «Perché dovrei farlo?» sibilo, con i pugni stretti ai miei fianchi. «Tu conoscevi il piano di Harper.»

Lei tace.

Sembra che io abbia ragione.

«Da quanto tempo stava pianificando di lasciarmi?» Le parole mi trafiggono come un coltello nel cuore mentre le pronuncio ad alta voce.

«Io non... lei non voleva, ma tuo padre...»

Scuoto la testa, non credendo a Kensley. «Mio padre non l'ha mandata via. Ha scelto lei di scappare. Di umiliarmi nel giorno del mio matrimonio.»

Le sopracciglia di Kensley si aggrottano. «Ti ama. È per questo che se n'è andata. Hai letto la lettera.»

«Ho letto che voleva chiudere, che non vuole che la insegua. Dove è andata?» ringhio e mi avvicino, inclinando la sedia all'indietro. Le mie mani afferrano il metallo, impedendo a Kensley di cadere.

I suoi occhi si spalancano mentre annaspa in cerca d'aria. «Non lo so! Le ho lasciato usare la mia carta di credito,» ammette fin troppo facilmente. «Davvero fate parte della mafia, quindi.»

Il mio sguardo si fa più intenso. «Te l'ha detto Harper?» Inclino la testa, rimettendo i piedi della sedia sul pavimento di cemento.

«Mi ha raccontato tutto,» sussurra Kensley,

guardandomi. «Ma ha tralasciato la parte in cui tu sei un mostro.»

Le sue parole tagliano più profondamente del tradimento di Harper.

Non ho mai voluto diventare come mio padre, ma torturando Kensley, la rabbia brucia dentro di me più ardente dei carboni infuocati in una fiamma ruggente. «Non avrebbe dovuto scappare.»

«Tu non la ami,» dice Kensley, rifiutandosi di arrendersi.

Vedo la paura dietro il suo sguardo azzurro pallido. L'ho spaventata, ma lei non si fa intimidire.

Si raddrizza sulla sedia, sfidandomi. «Se n'è andata perché ti ama.»

«È la cosa più stupida che abbia mai sentito» ringhio a Kensley. Inclino la sua sedia all'indietro, e i suoi occhi si spalancano.

Sa che se la lasciassi andare, sbatterebbe sul cemento freddo, probabilmente battendo la testa. Si sta sporgendo in avanti, cercando di prepararsi al momento dell'impatto.

Ma non tolgo le mani dalla sedia di metallo.

«Non voleva costringerti a una vita con lei e Zeke.»

«Ma io voglio quella vita!» urlo a Kensley, come se lei potesse in qualche modo dirlo a Harper mentre è legata alla sedia pieghevole di metallo.

Sbatto la sedia di nuovo a terra sulle quattro gambe, e lei sobbalza ma non si ribalta.

Kensley respira affannosamente, il suo corpo trema per l'adrenalina.

«Non avrei dovuto fidarmi che Harper mantenesse il nostro segreto.»

«Ti giuro che me l'ha detto solo perché sapeva di potersi fidare di me» dice Kensley, difendendola.

«Avrebbe dovuto fidarsi di *me!*» grido.

«La tua fedeltà è verso tuo padre, la tua famiglia. Mi ha raccontato tutto di come sei costretto a lavorare per tuo padre. Harper stava cercando di darti un'altra vita. Una vita migliore.»

Faccio un passo indietro, sentendo il bisogno di allontanarmi da Kensley. «Sono tutte bugie.» Non posso ascoltarla. Sta cercando di entrare nella mia testa, confondermi, farmi vedere cose che non sono come sembrano.

«Ti giuro, lei ti ama. È per questo che l'ha fatto...sta gettando via la sua istruzione universitaria, la sua stabilità. Non ha nulla mentre è in fuga.»

Mi dirigo verso le scale, salendole due alla volta, lasciando Kensley legata.

«Devo trovarla.»

Devo trovarla prima che Dante o i suoi uomini la rintraccino.

Loro non saranno così clementi.

«Hai ottenuto qualcosa dalla ragazza?» chiede Moreno mentre esco dal seminterrato.

Esito, decidendo se voglio fare questo da solo, ma poi ci ripenso.

Qualsiasi cosa Kensley mi abbia detto, la rivelerà facilmente a Moreno o a qualsiasi altro soldato che la interroghi.

«Ha dato a Harper la sua carta di credito. Analizzando le informazioni, potremo localizzarla.» Non rivelo che Kensley sa degli affari di famiglia. A questo punto, portandola giù nel seminterrato, legandola, l'avrebbe comunque capito da sola.

Lancio un'occhiataccia a Nova mentre arriva di corsa dall'angolo. A quanto pare, ha avuto sentore di quello che sta succedendo.

«Stai bene?» chiede, sembrando esasperata.

«No» ringhio, fissandola intensamente.

Nova e Harper erano diventate amiche negli ultimi mesi.

«Lo sapevi?» ringhio, invadendo il suo spazio personale.

Lei mi spinge indietro. «No. Harper mi ha tenuto all'oscuro del suo piano.»

Moreno osserva lo scambio tra noi per un momento prima che lui e Dante si affrettino lungo il corridoio verso il suo ufficio. Sono sicuro che stiano pianificando di rintracciare la carta di credito di Kensley. Harper ne avrebbe bisogno se avesse intenzione di stare in un hotel.

«Davvero? Perché voi due siete state piuttosto intime ultimamente. Migliori amiche, se non ricordo male.» Vorrei credere a Nova, ma in questo momento non mi fido di nessuno.

Nova alza gli occhi al cielo.

Non ha la minima paura di me. Incrocia le braccia sul petto. Indossa lo stesso abito di Kensley, viola scuro con rifiniture nere. Entrambe dovevano essere damigelle al nostro matrimonio.

Mi brucia dentro, realizzando che non ci sarà nessun matrimonio.

Non volevo nemmeno sposarmi, ma il rifiuto, l'umiliazione, mi fa male in ogni fibra del mio essere.

Avevo una via d'uscita.

Harper avrebbe potuto sposare Ashton.

È ciò che mio padre voleva, che pretendeva da Ashton; invece, lei ha scelto se stessa al posto mio.

Non c'è sollievo, solo malinconia.

«Smettila di piangerti addosso, Luca.» Nova non indietreggia. «Il matrimonio era un'idea sciocca fin dall'inizio. Hai accettato solo per mantenerla in vita. Non dimenticarlo!»

Quello che era iniziato unicamente come un atto di protezione è diventato molto di più.

Harper significa molto di più per me che semplicemente mantenerla in vita.

Volevo sposarla.

Passare il resto della mia vita con lei.

Sì, ci sono stati momenti in cui ero distante.

È difficile essere catapultati improvvisamente nella genitorialità.

Lei ha un figlio, e quel semplice pensiero, per non parlare dell'atto di prendersi cura di un'altra persona, un bambino, mi terrorizza. Non voglio diventare come mio padre.

Ho cercato di mantenere una certa distanza da Zeke e da Harper.

Ma ogni volta che ricadevamo nelle abitudini, andando a letto insieme, baciandoci, toccandoci, mi innamoravo sempre più profondamente, più intensamente, più rapidamente di Harper.

E ora mi ha strappato il cuore e mi ha lasciato con una fottuta lettera di addio.

«Vai a farti fottere» ringhio a Nova e me ne vado furioso a cercare Dante.

Spero che a quest'ora abbia scoperto dove si trova Harper.

Entro nel suo ufficio senza nemmeno bussare, come se fossi il padrone.

Un giorno lo sarò, ma non oggi.

Dante alza un sopracciglio, sorpreso, ma non mi rimprovera.

Un'altra prima volta per oggi.

Moreno sta in silenzio nell'angolo della stanza, con l'oscurità che incombe su di lui.

«Sembra che siano in una piccola città a sud-ovest da qui. C'è uno scontrino per pannolini e spuntini da un'area di sosta.»

«Vado a controllare» dico e mi dirigo fuori dall'ufficio di mio padre.

«Luca» mi chiama Moreno.

Guardo oltre la mia spalla.

«Forse è meglio se ti cambi prima.»

Ashton viene con me mentre Nova rimane indietro con Kensley.

Non ho ancora slegato Kensley dal seminterrato. Non so se Moreno o un altro dei soldati la interrogherà.

Non è più un mio problema.

Se non avesse aiutato Harper a scappare dal nostro matrimonio, non sarebbe stata sottoposta all'ira della nostra famiglia.

Se lo merita.

Il mio cuore è gelido e raggelato dal tradimento.

Sento il fruscio della carta e guardo Ashton mentre sto guidando in direzione dell'area di sosta dove Harper è stata vista l'ultima volta.

È improbabile che sia ancora lì, ma Dante mi ha assicurato che chiamerà non appena lei farà un altro acquisto.

È solo questione di tempo, e almeno saremo vicini.

«Che diavolo è quello?» ringhio, ma conosco già la risposta. Ha ripescato la lettera di rottura dalla spazzatura.

«Solo qualcosa di cui potresti voler parlare con Harper.»

Sbuffo e stringo più forte il volante mentre mi aggiusto scomodamente sul sedile del conducente. Premo con forza sull'acceleratore, cercando di recuperare il tempo perduto.

Harper ha un paio d'ore di vantaggio.

Dev'essere per questo che Kensley si è presentata. Non era solo per consegnarci la lettera di Harper, ma anche per dare alla sua amica il tempo di fuggire.

«Perché Harper non è andata semplicemente dai suoi genitori?» chiedo, lanciando uno sguardo ad Ashton.

«Sarebbe il primo posto dove la cercheremmo. Avrebbe messo in pericolo la loro vita scappando dal matrimonio» mi ricorda.

Non credo che le piacessero molto i suoi genitori, o forse è solo che ultimamente non andavano d'accordo.

Harper parlava raramente di sua madre e suo padre. Di certo non ho insistito sull'argomento. Non è che io sia vicino alla mia famiglia, anche se per ragioni diverse.

Il mio telefono squilla e rispondo tramite Bluetooth attraverso gli altoparlanti dell'auto.

Dante va dritto al punto. «Abbiamo localizzato il suo telefono, ma sembra che l'abbia lasciato sull'autobus. Continua a mandare segnali avanti e indietro dal campus.»

Ecco spiegato perché non ha risposto ai miei messaggi.

L'ha lasciato di proposito per depistare, o le è caduto accidentalmente tra i sedili?

«Qualche nuovo acquisto?» chiedo.

«Niente ancora. Kensley ha menzionato un biglietto dell'autobus per cui le ha dato i contanti, ma Harper ha insistito per non dirle dove sarebbe andata» dice Moreno.

Sembrano essere in vivavoce, condividendo informazioni.

«Kensley ha detto altro?» chiede Ashton.

Lo fulmino con lo sguardo.

«No, Nova l'ha riportata di sopra contro la mia

autorità» brontola Moreno, e posso immaginare che sia incazzato nero con sua figlia.

È coraggiosa, devo dargliene atto, e un po' insubordinata.

Ashton si muove sul sedile, sembrando un po' irrequieto. Guidiamo già da un paio d'ore, ma non ho intenzione di fermarmi finché non arriviamo a destinazione.

«Va bene.» Dante si schiarisce la gola, e percepisco che c'è una tensione latente.

Dante odiava quando non poteva controllarmi. Non posso immaginare che sia contento del fatto che Nova vada in giro disobbedendo agli ordini, facendo quello che le pare.

Si metterà in un mare di guai se non sta attenta.

«Kensley non poteva dirci niente che già non sappiamo» aggiunge Dante. «L'abbiamo mandata a casa, abbiamo messo sotto sorveglianza il suo telefono. Sapremo se contatta Harper o viceversa.»

Lancio un'occhiataccia ad Ashton.

Mio padre aveva fatto lo stesso con me o Harper?

Un'altra ora in macchina e arriviamo all'area di sosta. Scendo, mi stiracchio le gambe e vado dritto alla cassa, sperando che il cassiere possa darci qualche informazione.

«Buon pomeriggio» dice il commesso, masticando un chewing gum. Sembra appena abbastanza grande per usare la cassa.

Fa scoppiare una bolla e mi guarda. «Posso aiutarla?»

«Stiamo cercando...» inizio, e Ashton si avvicina al bancone, interrompendomi.

«Mia sorella è scappata con suo figlio. Ha circa due anni» dice Ashton e gesticola indicando l'altezza di Zeke. «La stiamo cercando prima che si presenti il suo ragazzo buono a nulla e la minacci di nuovo.»

Gli occhi del commesso si spalancano. «Oh, cavolo. Sì, la ricordo. Ragazza carina. Il bambino era un terremoto, cercava di afferrare tutto dagli scaffali e urlava quando lei non gli permetteva di camminare da solo. Era sull'autobus che si è fermato qui.»

«Sa dove va quell'autobus?» chiedo.

Mi squadra. «Siete davvero i suoi fratelli? Voi due non vi assomigliate.»

«Madre diversa» dico, forzando un sorriso. «Stiamo solo cercando di proteggere lei e il bambino.»

«L'autobus va a Las Vegas» dice il commesso.

Torniamo alla macchina, facciamo il pieno e riprendiamo la strada.

«Hai intenzione di chiamare Dante?» chiede Ashton, osservandomi attentamente mentre torniamo sulla strada principale. Inserisco Las Vegas nell'app di navigazione del mio telefono, così da evitare di perderci. Speriamo che sia lo stesso percorso che fa l'autobus.

«Non avevo intenzione di farlo» dico.

Se lo facessi sapere a Dante, probabilmente muoverebbe le sue conoscenze a Vegas. Arriverebbero ad Harper molto prima di noi.

Sono arrabbiato con lei, ma non voglio che succeda niente a lei o a Zeke.

«Bene» dice Ashton e si appoggia all'indietro, mettendosi comodo.

Lo fulmino con lo sguardo mentre guido.

«Cosa?» chiede, guardandomi. «Continui a fissarmi come se fossi io il colpevole di tutto questo.»

«Non sei innocente.»

«Come vuoi. Non è colpa mia se è scappata.» Ashton incrocia le braccia sul petto.

«Continuavi a buttarti addosso a lei, sono sicuro che non ha aiutato la situazione.»

Ashton apre la lettera spiegazzata, leggendola in silenzio.

«Non dice niente su di me qui dentro.»

Allungo la mano verso la lettera, ma lui la tiene fuori dalla mia portata. Se non stessi guidando, gliel'avrei strappata dalle mani in pochi secondi.

«Vaffanculo, Ashton» ringhio e gli do una gomitata nel fianco mentre cerco di tenere le mani sul volante, più o meno.

«Per uno *non* innamorato, sei un po' teso. E so che facevate sesso. Quindi, non può essere quello. Tutti in casa potevano sentirvi aggrapparvi l'uno all'altra come animali selvaggi.»

«Sei uno stronzo, e non ho mai detto che non l'amavo. È Harper che fa questa supposizione.» Chiaramente, non sa come mi sento davvero, perché leggere quella lettera mi ha distrutto dentro.

Ashton ridacchia.

«È meglio che tu sia pronto a dirle quelle tre parole o questo viaggio sarà una grande perdita di tempo.»

DUE

HARPER

Ad ogni angolo, ho la sensazione di essere osservata.

Sono paranoica? Probabilmente, ma è difficile non esserlo quando stai scappando dal tuo matrimonio e dovresti sposare Luca, che è nato e cresciuto nella mafia.

Il che è colpa mia. Almeno in parte.

Luca aveva rinnegato suo padre finché non ho rovinato tutto e l'ho costretto a farmi la proposta, per mantenere me e Zeke al sicuro.

Bacio la fronte di Zeke. È seduto nel suo seggiolino ed è stato irrequieto nelle ultime due ore.

E sta anche bruciando.

Pensavo fosse per il calore che pompava nell'autobus e per il suo cappotto invernale che lo faceva surriscaldare. Ora, penso che potrebbe essere davvero febbre.

Le sue guance sono rosate, ed è stato piagnucoloso e irritabile per la maggior parte del viaggio. Lo tolgo dal seggiolino e me lo stringo addosso, cercando di calmarlo.

È caldo, sudato e ancora agitato.

Gli bacio la fronte e sono certa che abbia la febbre.

Altre dieci ore di autobus fino a Vegas sono fuori discussione.

L'autista annuncia che la prossima fermata è in una piccola cittadina e ci fermeremo per mezz'ora se qualcuno vuole prendere del cibo prima di rimetterci in viaggio.

Mi dà la possibilità di vedere se c'è un hotel, un posto dove possiamo stare tranquilli per un po'.

Rimetto a Zeke il cappotto invernale e gli stivaletti. Sta urlando a squarciagola, per niente entusiasta, e nemmeno io lo sono.

Un paio di passeggeri dell'autobus mi stanno fulminando con lo sguardo e io gli rivolgo un sorriso di scuse. Non sopravviveremo a un viaggio fino a Vegas.

Alla fermata successiva, scendo con lo zaino sulle spalle, Zeke che mi tiene la mano e il seggiolino nell'altra mano, pieno dei nostri acquisti recenti dall'area di sosta, che consistono in spuntini per Zeke, del Tylenol per bambini, pannolini e salviette.

Fuori c'è un vento impetuoso, l'aria mi sferza, e Zeke è inconsolabile mentre il freddo pungente ci colpisce.

Sollevo Zeke sul fianco, tenendolo stretto a me. Lui nasconde il viso nella mia giacca mentre osservo la piccola città.

C'è un motel non troppo lontano, dall'altro lato della strada rispetto alla catena di fast food. Mi dirigo verso il motel, optando per una camera. Almeno, se riesco a sistemare e far riposare Zeke, forse domani potremo prendere il prossimo autobus.

Anche se non ho il mio telefono per acquistare un biglietto e non sembra esserci nessuna stazione degli autobus nelle vicinanze.

Questo è un problema di domani.

In questo momento, sono più preoccupata per Zeke e la sua apparente febbre.

Riesco a ottenere una camera, usando la carta di credito di Kensley, e ritiro la chiave.

Zeke è irrequieto per tutto il tempo. «Va tutto bene. Presto ci riposeremo» dico.

Ha già saltato il suo pisolino pomeridiano. È una gioia averlo intorno quando segue la sua routine, ma aggiungi la febbre al mix e scoppia l'inferno.

Non che dovrei essere sorpresa.

Oggi non è stato un sabato tipico per nessuno di noi.

Dopo che ci siamo sistemati e ho lasciato le nostre cose, lo porto dall'altra parte della strada per prendere un boccone veloce. Sto morendo di fame, ma ho dato a Zeke degli spuntini per cercare di calmarlo. Dubito che abbia appetito, comunque.

Ordino un hamburger con patatine e prendo a Zeke un menu per bambini, nella speranza che assuma un po' di proteine. Cracker, salatini e patatine non sono esattamente sostanziosi.

Zeke siede sulle mie ginocchia mentre sminuzzo i suoi bocconcini di pollo, facendoli a pezzetti per permettergli di mangiarli da solo.

È pieno di moccio e con il viso rigato di lacrime, ma afferra il pollo con il pugno, lo stringe nel palmo prima di ficcarselo in bocca.

Sono sollevata che sia tranquillo per qualche minuto, il che mi dà qualche secondo per dare un morso al mio hamburger. Sono assolutamente affamata. Non ho mangiato nulla per colazione e si sta già avvicinando l'ora di cena.

Fuori è buio, ma non è ancora l'ora di andare a letto per Zeke. È ancora un po' presto. Lui finisce l'ultimo boccone di pollo e allunga la mano verso le mie patatine.

«Hai la frutta» dico, indicando i pezzetti di frutta fresca sul tovagliolo che può mangiare.

Si agita in avanti, contorcendosi per prendere la mia patatina.

«Va bene.» Cedo e ne stacco un pezzetto minuscolo, in modo che non si infili l'intera patatina in bocca. La afferra e i suoi occhi si spalancano mentre assapora la delizia salata.

Indica le mie patatine, volendone altre.

Niente da fare per cercare di farlo mangiare sano. Gli bacio la fronte. È ancora caldo, ma non è così ardente come prima.

Anche piangere lo fa riscaldare un po', ma si è calmato ora che sta cenando. Anche se non è il pasto migliore, è meglio che mangiare spuntini.

Seduta vicino alla finestra, guardo fuori verso l'autobus gli altri passeggeri che risalgono, pronti a lasciare la città.

Il respiro mi si blocca in gola quando il veicolo di Luca si ferma lentamente davanti all'autobus, bloccandolo.

Distolgo lo sguardo, sperando che forse se non guardo nella sua direzione, non mi vedrà dentro la finestra del ristorante.

Ma come un incidente ferroviario, non riesco a distogliere lo sguardo. I miei occhi sono ancora su *di lui*.

Mi manca il respiro quando qualcuno indica l'hotel e poi il fast-food.

Il suo sguardo incrocia il mio, e sembra tremendamente incazzato.

Luca lancia le chiavi ad Ashton e si dirige a grandi passi verso di noi.

Cazzo.

Cazzo.

Cazzo.

Luca è furioso.

Ashton sta spostando l'auto, parcheggiandola davanti all'hotel.

Come un uragano, Luca entra impetuosamente, la rabbia che si sprigiona da lui come vapore in una fredda giornata d'inverno.

Quello sguardo da solo mi fa rabbrividire.

È gelido.

Amaro.

E riservato esclusivamente a me.

Non c'è nulla per cui sentirsi grati.

«Non avresti dovuto venire a cercarmi» sussurro, guardandolo.

Zeke tende le braccia verso Luca.

«Papà» dice, e il mio cuore si spezza un milione di volte di più, sentendo mio figlio chiamarlo così.

Luca espira rumorosamente e fa del suo meglio per ignorare Zeke.

Vorrei vedere la sua determinazione sgretolarsi mentre si rende conto che non sono io la cattiva.

«Non posso credere che mi abbia lasciato con una lettera. Una che non hai nemmeno avuto il coraggio di consegnarmi!» Luca non è affatto silenzioso, e gli altri due clienti nel ristorante si voltano nella nostra direzione.

Sospirando, indico il posto vuoto nel separé di fronte a me.

«Preferisco stare in piedi» sibila Luca.

«Stavo cercando di darti la tua libertà, Luca» dico, mantenendo un tono dolce, disarmante. Non ho motivo di litigare con lui.

Zeke si agita, diventando irrequieto tra le mie braccia, soprattutto ora che vede Luca, e a quanto pare, il bambino ne ha avuto abbastanza di me oggi.

«La mia libertà?» Luca ride amaramente, chiaramente arrabbiato e ferito.

Avrei dovuto prevedere le conseguenze. Non intendevo ferirlo.

«Onestamente, pensavo che saresti stato sollevato» dico, guardandolo.

«Non mi conosci affatto.» Luca scuote la testa, fumante. «Ero pronto a buttare via il mio futuro per te...»

«Non ti ho mai chiesto di farlo!» La mia voce sale di un'ottava.

La porta del ristorante si spalanca, e Ashton entra lentamente.

«Papà!» dice Zeke ad Ashton.

A quanto pare, quella è la sua nuova parola preferita.

«Posso prenderlo?» mi chiede Ashton mentre Zeke tende le braccia, aspettando di essere preso da chiunque tranne me.

Il mio piccolo traditore.

La riluttanza si affievolisce in me.

Ashton è coinvolto nella mafia quanto Dante. Non avrebbe insistito con l'idea di sposarmi se non seguisse gli ordini.

Ma non credo che farebbe del male a mio figlio.

Ho visto come Ashton si comporta con Zeke a casa, rincorrendolo, giocando a cucù e al solletico.

Zeke continua ad agitarsi finché non cedo.

«Sì,» dico e glielo consegno.

Ashton lo porta nell'area giochi del ristorante, cercando di tenerlo lontano dagli adulti che litigano.

«Hai rischiato tutto, persino la vita di Kensley. Sei stata stupida a raccontarle della famiglia» sibila Luca e si lascia cadere sul sedile di fronte a me.

Merda.

Non mi aspettavo che Kensley lo dicesse a qualcuno.

«Kensley sta bene?»

Non potrei mai perdonarmi se Dante o i suoi uomini le avessero fatto qualcosa.

«Quando sono partito, era rinchiusa nella cantina di Dante.» Inclina leggermente la testa, occhi tesi, studiandomi.

Non è questo che volevo.

Se qualcuno dovrebbe essere incatenato di sotto, sono io.

È colpa mia.

Fuggire dal matrimonio.

Lasciare Luca.

Rivelare segreti della mafia.

Sono io la colpevole, non Kensley.

«Non è giusto» sussurro.

«La vita non è giusta. Un modo piuttosto duro per imparare questa lezione» mi rimprovera Luca.

«Dovevo fidarmi di qualcuno.»

Lui mi fulmina con lo sguardo e poi ruba una delle mie patatine. «Avresti dovuto fidarti di me!» Infila il cibo in bocca e mastica piuttosto aggressivamente.

«Non mi avresti mai lasciata andare.»

«Finalmente inizi a capire!» scatta Luca e scuote la testa. Passa le dita sul tavolo, e io allungo la mano verso la sua, sperando di fargli tornare un po' di buon senso e calmarlo.

Lui impallidisce nel momento in cui lo tocco e si ritrae.

«Perché sei qui?» chiedo, fissandolo.

«Pensi che Dante ti lascerà semplicemente scappare via? Ti sta dando la caccia. Hai messo in imbarazzo la famiglia. Non è una cosa che si può semplicemente nascondere sotto il tappeto.»

Non avevo considerato cosa potesse significare il mio tradimento alla famiglia. Sapevo che Zeke era sotto la mia custodia e l'avrei tenuto al sicuro. I miei genitori potevano cavarsela da soli. Non essere stata in contatto con loro ultimamente, li avrebbe protetti.

«Mi scuserò, ma non tornerò indietro.»

«Lo farai» dice con fermezza. «Che io debba portarti in macchina di peso o che tu ci venga con le tue gambe, torneremo a casa.»

«Io non...» Mi si spezza il fiato e guardo verso la sala giochi cercando Zeke.

Lui è ignaro di ciò che sta accadendo, fortunatamente. Ashton lo tiene occupato.

«Scappa con me» sussurro. «Prenderemo Zeke, forse possiamo anche convincere Ashton a coprirci.»

Non me ne andrò senza mio figlio.

«Ashton non lo farebbe mai» dice Luca, e stringe i denti, la mascella tesa mentre mi fissa.

Emana una certa freddezza, e mi fa rabbrividire.

«Dante non ci lascerà andare. Te l'ho detto, ripetutamente. Ha uomini in tutto il paese che faranno ciò che ordina.»

«E se cambiassimo i nostri nomi...»

«Non sarai mai al sicuro. Non saremo mai al sicuro» ribadisce. «L'unica scelta sicura è sposarmi.»

Mi appoggio allo schienale del separé ed espiro pesantemente.

«Wow, un'opzione così terribile» dice Luca e ride amaramente. «Non dicevi questo quando stavamo scopando l'altra notte.»

Faccio una smorfia.

È arrabbiato con me.

Non avrei dovuto aspettarmi niente di meno. Non so perché pensavo che lasciargli un biglietto, dicendogli di non inseguirmi, avrebbe funzionato.

«Non vuoi sposarmi.» Incontro il suo sguardo gelido.

Deglutisce silenziosamente e la sua lingua scatta fuori per un secondo, passando sul labbro superiore.

Il suo silenzio è tutto ciò che ho bisogno di sentire.

«Lascia andare me e Zeke,» dico. «Dante smetterà di inseguirmi quando capirà che sono inutile per lui.»

Luca sbatte il pugno sul tavolo, ringhiando verso di me. «Non ascolti un cazzo!»

Un membro del personale ci guarda, e posso sentire il suo sguardo preoccupato su di me.

Faccio un sorriso forzato, ma lei prende il cellulare.

Sta osservando, aspettando di vedere se dovrebbe chiamare la polizia o se tutto è a posto tra noi.

«Dobbiamo andarcene di qui,» sussurro, mantenendo bassa la voce.

Stiamo attirando troppa attenzione su di noi.

Guardo fuori dalla finestra, e il bus sta partendo. La mia unica scelta è un passaggio con Luca e Ashton o restare in questa piccola città finché non riesco a trovare un'altra soluzione.

«Bene, finalmente qualche parola sensata,» grugnisce Luca e scende dal tavolo. Pulisce il vassoio con il cibo mangiato a metà, e io prendo il cappotto di Zeke, dirigendomi verso il parco giochi al coperto.

Attraverso i vetri, posso vedere Zeke rotolare nella palestra al coperto.

Cerco la mano di Luca, sperando di poterlo convincere a portarci in un posto sicuro, lontano da Dante.

Lui ritrae la mano, come se fossi fuoco e avessi la capacità di bruciarlo fisicamente.

Luca afferra il cappotto di Zeke dalle mie mani e spalanca la porta di vetro. «Andiamo, campione. Prepariamoti. È ora di rimetterci in strada.»

Ci fermiamo prima all'hotel, prendiamo il seggiolino di Zeke e il mio zaino. Cambio il pannolino a Zeke e uso il bagno prima di salire tutti in macchina con Luca.

Mi siedo dietro accanto a Zeke, che sta protestando per essere bloccato nel suo seggiolino.

Il terrore mi riempie lo stomaco mentre Luca fa inversione e ci riporta nella direzione da cui siamo venuti.

Breckenridge, Montana.

Sembra che non ci sia nulla che possa dire per convincerlo a portarci a Vegas o in qualche altro posto sulla mappa.

Rimango in silenzio, cercando di rassicurare Zeke e calmarlo mentre piange per la successiva ora intera.

«Che cosa ha?» chiede Ashton, guardando oltre la sua spalla. Si sposta sul sedile anteriore, cercando di vedere perché Zeke è così disperato.

Offro a Zeke un giocattolo, uno spuntino, ma non c'è niente che calmi le sue urla.

Sta reagendo a come mi sento io.

Passo le dita sui suoi delicati capelli. «Lo so, Zeke, nemmeno io voglio tornare indietro,» sussurro. «Andrà tutto bene. Tu ed io, supereremo tutto questo.»

Guardo verso la parte anteriore dell'auto, e Luca sta stringendo il volante con tanta forza che ha le nocche bianche. Si sposta, teso, mentre mi guarda nello specchietto retrovisore.

Ma non dice niente.

Cosa c'è da dire?

Ha chiarito che è arrabbiato con me per essere scappata con Zeke. Nessuna quantità di scuse riparerà ciò che è stato fatto.

Del resto, non mi dispiace.

Stavo cercando di aiutare Luca.

Mi dispiace solo che il mio piano sia andato a rotoli.

Due ore dopo l'inizio del viaggio, Zeke finalmente si addormenta. Ha ancora una febbre leggera, ma la medicina sembra aiutare.

Luca tiene la musica bassa, attento a non svegliare Zeke mentre continuiamo a guidare per un paio d'ore prima che si fermi per fare benzina.

Spegne il motore, e Zeke si agita ma non si sveglia del tutto.

Ashton scende dalla macchina e si dirige verso il distributore di benzina, mentre Luca fa il pieno.

Quando Luca finisce, apre la portiera anteriore e prende il telefono. Dal sedile posteriore, posso vedere che sta mandando un messaggio a qualcuno, ma non riesco a capire cosa stia dicendo.

Penso che sia meglio non chiedere. Non sono sicura che mi piacerà qualunque risposta mi darà.

Siamo a un'ora circa da Breckenridge, due ore dal campus. Non oso chiedere se Luca ci sta riportando a casa o a casa dei suoi genitori.

Ho troppa paura di parlare, che potrei svegliare Zeke e rompere l'incantesimo del suo sonno.

Mentre usciamo dalla strada principale, mi rendo conto che stiamo tornando a casa dei genitori di Luca.

Merda.

La nausea mi travolge, e mentre ci fermiamo bruscamente davanti alla tenuta dei Ricci, Zeke si agita.

Luca spegne il motore, e io mi metto a sbloccare un Zeke scontroso, che sta lottando contro il sonno.

Quando Luca esce dalla macchina, una folata di aria fredda ci colpisce, intensificando ulteriormente il pianto di Zeke.

«Lo so.» Lavoro per rimettergli la giacca dal sedile posteriore e lo chiudo con la zip per tenerlo al caldo.

Luca spalanca la portiera posteriore dal lato di Zeke, e il mio piccolo mostro mi tradisce, aggrappandosi a Luca.

«Papà,» piange Zeke mentre Luca solleva mio figlio tra le braccia e Zeke seppellisce il suo visetto pieno di moccio nella giacca di Luca.

Porta Zeke alla porta d'ingresso. Io provo la maniglia dell'auto, ma il mio lato ha la sicura per bambini.

Ashton mi apre la portiera, lasciandomi uscire.

Chiaramente, non volevano che cercassi di scappare. Mi abbottono il cappotto e prendo lo zaino, affrettandomi dietro Luca e Zeke.

Luca entra, e io lo seguo subito, aiutando a togliere il cappotto a Zeke mentre si agita tra le braccia di Luca.

«Papà, papà,» continua a ripetere Zeke mentre gli tolgo le scarpe prima di togliermi le mie.

I passi di Dante risuonano sul pavimento di marmo. «Guarda chi ha deciso di tornare,» dice, fulminandomi con lo sguardo.

«Luca, Harper, venite con me, *adesso*,» sibila Dante e si volta bruscamente, dirigendosi verso la biblioteca.

Luca non molla la presa su Zeke, che è irrequieto e lamentoso, cercando di scendere, desideroso di correre per tutta la casa.

Ma non ci sono lacrime.

Almeno non da parte sua.

Sto combattendo contro l'angoscia mentre seguo Luca, che è diversi passi avanti a me.

Mi ha praticamente lasciata indietro.

Non siamo più un fronte unito. Non c'è più la finzione di essere innamorati o in una relazione.

Luca Ricci mi odia.

La madre di Luca, Nikki, è seduta in una delle poltrone. Quando ci vede, si alza e si affretta verso Luca, prendendo Zeke tra le braccia.

È la prima volta che si offre di tenere mio figlio, e non posso fare a meno di sentire lo stomaco in subbuglio mentre mi avvicino, desiderando riprenderlo tra le mie braccia.

Non mi fido di Nikki o di Dante.

Non mi fido di nessuno di loro con il mio bambino.

Nikki sembra però avere un tocco magico, facendolo saltellare sul fianco, sorridendogli e facendogli facce buffe, il che tranquillizza Zeke.

Si china in avanti e gli bacia le guance e la fronte, aggrottando le sopracciglia. «Scotta.»

«Ha avuto la febbre a intermittenza tutto il giorno,» confesso.

«Chiamo il dottore,» dice Nikki, portando Zeke fuori dalla biblioteca.

«Gli ho dato il Tylenol pediatrico,» dico, cercando di tranquillizzarla.

Posso essere una pessima fidanzata, ma non sono una cattiva madre.

Vorrei correre dietro a Nikki. Non mi piace che abbia portato Zeke fuori dalla stanza, ma Luca mi afferra il braccio, la sua presa solida e calda mentre mi impedisce di precipitarmi dietro Nikki.

«Zeke starà bene.» Le parole di Luca sono pensate per rassicurarmi.

Espiro pesantemente e cerco di prendermi un momento per respirare mentre guardo attraverso la porta aperta dove Nikki è appena scomparsa, e Ashton mette piede nella biblioteca, unendosi a noi.

Dante si avvicina a me, il suo sguardo freddo che mi manda brividi dritti al cuore.

«Mi hai deluso, Harper. Non mi piace essere deluso.»

È un avvertimento.

Annuisco debolmente, fissandolo, rendendomi conto che non c'è modo di sfuggire a quest'uomo, non oggi.

Ci ho provato e ho fallito miseramente.

«Mi dispiace; non accadrà più.»

«Vorrei crederci,» dice Dante con uno sbuffo. «Vi sposerete questa sera.»

Mi volto verso Luca, gli occhi spalancati, aspettando di vedere se si opporrà e dirà a suo padre che non desidera sposarmi.

Ha reso perfettamente chiaro che mi odia.

«Il matrimonio è ancora valido?» chiedo, con la voce che si incrina.

«Non pensavi di poter scappare dalla nostra famiglia, cara, vero?» chiede Dante con l'accenno di un sorriso maligno sul viso. «Sei fortunata che ti abbiano trovata Luca e Ashton e non uno dei miei uomini.»

«Mi dispiace.» Mi affretto a scusarmi. Forse posso trovare un altro modo per uscire da questo disastro.

Lo sguardo di Dante si indurisce.

«Le scuse non attenuano l'imbarazzo. Hai tentato di umiliare la mia famiglia.»

La mano di Luca si stacca dal mio braccio.

Il freddo nell'aria mi fa venire la pelle d'oca.

«Non era mia intenzione,» dico.

Dovrei provare a spiegare che stavo cercando di aiutare Luca? Dubito che a Dante importi delle mie intenzioni, e Luca di certo non era felice con me quando ha letto la mia lettera.

«Mi dispiace,» dico, sperando che forse un'altra scusa aiuti ad alleviare il danno che ho causato.

«Non mi interessano le tue scuse. Sono prive di significato,» mi rimprovera Dante. «Lo sposerai, adesso.»

«Adesso?» La voce di Luca lo tradisce mentre mi fulmina con lo sguardo. Impallidisce.

«Abbiamo informato tutti i nostri ospiti che Harper era malata per un'intossicazione alimentare. Sposerai Ashton stasera,» dice Dante.

Ashton?

«No!» Scuoto la testa e guardo indietro verso Ashton, implorandolo di fermare questa follia.

Non desidera sposarmi.

E io non voglio essere legata a lui.

Lui tiene a Nova.

Io tengo a Luca.

È un'unione infernale, Ashton e io che ci sposiamo. Non può succedere. Non lo permetterò. Preferirei morire piuttosto che sposare Ashton Rinaldi.

Luca mi odia, ma se sposo Ashton, tutti mi odieranno.

Nova non mi perdonerà mai.

Luca mi disprezzerà per aver sposato il suo migliore amico.

E Ashton se ne pentirà per il resto della sua vita.

«Non puoi fare questo, signore,» dico, supplicandolo. «L'accordo era che dovevo sposare Luca.»

Gli occhi di Dante balenano per un momento. «Quello era l'accordo, ma hai tradito la famiglia. Non credi che sia necessaria una punizione?»

«Punirai Ashton perché io sono scappata?» chiedo, scioccata.

Sapevo che Dante voleva che sposassi Ashton. Era andato da Ashton, glielo aveva ordinato, come se io fossi solo un altro incarico, ma avevamo concordato che era sciocco e stupido.

Ashton si avvicina a grandi passi, la sua pelle lucida e pallida. Sembra sbalordito dalla recente notizia delle nostre imminenti nozze.

A quanto pare, Ashton non mi aveva mentito quando aveva acconsentito a lasciare che la scelta fosse mia.

Ma Dante ha altre idee e, essendo il boss della mafia, ciò che dice, si fa.

Mi avvicino ad Ashton, prendendogli le mani, guardandolo negli occhi.

«Sto riscuotendo quel favore che mi devi.»

TRE

ASHTON

Come diavolo farò a evitare di sposare Harper?

Non ho mai disobbedito a un ordine diretto, né da mio padre e certamente non da Dante. Lui mi spaventa davvero.

Intimidatorio è un eufemismo.

«Signore, non puoi pensare che sposare Harper sia una buona idea. Luca e Harper continueranno a languire l'uno per l'altra, e questo mi metterebbe in una situazione precaria.»

Luca sbuffa sottovoce, e io lo fulmino con lo sguardo.

«Vanno a letto insieme,» spiego, come se questo potesse cambiare le cose. «Per quanto ne sappiamo, potrebbe già essere incinta di suo figlio.»

Dante lancia un'occhiataccia a Harper e la scruta da capo a piedi.

«Porti suo figlio?»

Lei sembra sbalordita al suggerimento. «Non credo...»

«Ma non può esserne certa,» dico, fulminando Harper con lo sguardo. Sto cercando di darle una via d'uscita. Facendo tutto il possibile per evitare che ci costringano a sposarci.

«Potrei essere incinta,» dice Harper posando una mano sul ventre. «Voglio dire,» guarda Luca, «l'ultima volta che noi...»

«Siamo stati attenti,» ringhia Luca avvicinandosi a Harper. «Non sposerà Ashton. Lui non toccherà nemmeno *mia moglie*.»

Harper trattiene il respiro, e io nascondo il sorriso che mi sta crescendo sul viso mentre faccio un passo indietro, cercando di lasciar risolvere a loro due questa piccola questione e di tenermi fuori.

«Tua moglie,» ripete Dante, strofinandosi la mascella. «Vuoi ancora sposare Harper? Dopo tutto quello che ha fatto per ferirti?»

«Ho tutta l'intenzione di prenderla come mia moglie,» ringhia Luca afferrando la mano di Harper in modo piuttosto aggressivo. La tira più vicino, e ho già visto i due comportarsi come innamorati prima, ma questo è qualcosa di diverso.

Possessivo.

Ardente.

Luca è alimentato da una rabbia silenziosa destinata a essere distruttiva.

Dante rimane in silenzio, cogliendo il momento, decidendo quale corso d'azione intraprendere. «Luca, sposerai Harper immediatamente. Ashton, tu sarai testimone, e io mi occuperò di fare da officiante.»

QUATTRO

LUCA

Una volta che Nikki ritorna con Zeke, rimanendo in piedi contro il muro, lo mantiene tranquillo e calmo.

C'è una coppia di fedi nuziali sullo scaffale e ci viene consegnata. Faccio scivolare una fede d'oro sull'anulare di Harper mentre pronuncio i voti richiesti.

Riesco a malapena a guardarla.

I suoi occhi sono su di me, ma io guardo ovunque tranne che il suo viso.

Il dolore mi lacera, mi rimprovera. Questo è

sbagliato, ma permetterle di sposare Ashton... non potrei mai consentirlo.

Una volta che l'anello è al sicuro, allontano la mano, rifiutandomi di toccarla un secondo più del necessario.

Lei sposta il peso sui piedi.

Harper chiaramente non è felice.

Niente di tutto questo rende felice neanche me.

Sono ancora vestito con jeans e un maglione.

Harper non indossa nemmeno il suo abito da sposa. Il momento sembra come se ci stessero derubando, ma allo stesso tempo, non dovrebbe importarmi.

Non m'importa.

Dante recita i voti che Harper deve dire mentre prende la mia mano e fa scivolare l'anello sul mio dito.

La sua mano è calda, mentre le mie dita sono gelide.

Vorrei ritrarmi, ma lei si prende il suo tempo facendo scorrere l'anello sul mio dito, oltre la nocca, e tiene la mia mano mentre pronuncia le parole richieste.

Il peso della fede è pesante, e punto lo sguardo sull'errore che mi fisserà per sempre.

Questa non è una celebrazione dell'amore.

È una cerimonia destinata solo a unirci in matrimonio, un contratto legalmente vincolante.

Niente di più.

E in pochi minuti, siamo sposati.

«Puoi baciare la sposa,» dice Dante.

Fulminandolo con lo sguardo, alzo gli occhi verso mio padre. «È un requisito necessario per essere sposati?»

Non ho alcun desiderio di baciare Harper, figuriamoci toccarla.

D'ora in poi, può dormire nella stanza di Zeke.

Dante guarda mia madre. «Non credo sia necessario,» dice.

«Benissimo.» Lascio cadere le mani di Harper, gli anelli che ci bruciano sulla pelle mentre esco furioso dalla biblioteca, bisognoso di aria e di molto spazio.

Mi dirigo in giardino, la brezza fredda un sollievo dopo il calore implacabile all'interno.

«Come stai?» chiede Ashton mentre esce dietro di me. Mi porge la mia giacca.

Prendo il cappotto da lui, me lo infilo sulle spalle, e cammino fino al bordo del portico, con vista sul giardino. È tranquillo fuori ma freddo. Posso vedere il mio respiro.

Fissando la fede d'oro, la faccio girare con il pollice. Il movimento è sottile, l'anello si adatta perfettamente.

È solo un oggetto.

Non deve significare nulla.

«Così bene, eh?» commenta sarcasticamente Ashton e viene a stare accanto a me.

«Sì, beh, non grazie a te,» mormoro. Sposto la mia attenzione dall'anello ad Ashton. «Stavi davvero per sposare *lei*?»

«Speravo di non doverlo fare,» ammette Ashton e si strofina il collo. «Non provo sentimenti per lei, se è questo che ti preoccupa.»

«Li provavi un tempo,» ringhio, ricordando quando entrambi avevamo una cotta per la stessa ragazza.

Non è passato così tanto tempo, il che mi rende scettico sul fatto che i suoi sentimenti siano davvero scomparsi.

Ma Harper ora è mia.

Ashton è abbastanza intelligente da rispettare il codice mafioso. Non si scherza con la moglie di un fratello.

La gelosia si insinua, e non sono nemmeno sicuro di capire perché mi importi, dato che Harper ha fatto tutto il possibile per distruggermi.

«Un tempo è molto tempo fa. Ho messo gli occhi su un'altra ragazza a Evergreen,» dice Ashton.

Questo attira la mia attenzione.

«Qualcuna che conosco?»

Ashton si sforza di sorridere teso. «È troppo per te.» Mi dà una pacca sulla schiena. «E tu sei sposato, quindi è off-limits.»

Alzo gli occhi al cielo.

«È perché ti ho dato fastidio tutto lo scorso semestre dicendoti di stare lontano da mia sorella?»

Il viso di Ashton si rilassa, e si schiarisce la gola. «Sto solo dicendo, non preoccuparti della mia vita amorosa quando la tua è in fiamme.»

«Sembra più gelida che ardente. Non la porterò mai più a letto,» brontolo.

Il mio migliore amico ridacchia e mi guarda con incredulità. «Odiala quanto vuoi, fare il sesso migliore della tua vita verrà da sé. Vi ho sentiti mentre lo facevate.»

«Non me la scopo,» ringhio.

Ashton solleva le braccia in aria. «Va bene. Ma se non glielo darai tu, prima o poi lo farà qualche altro tizio.»

Fulmino Ashton con lo sguardo e lo spingo con forza. «Mia moglie non mi tradirà.»

«Non all'inizio,» dice Ashton, «ma andiamo. Se ci si aspetta che siate sposati per sempre, mi stai dicendo che non intingerai mai il tuo bastoncino nel vasetto di miele di qualcun'altra?»

Non posso ascoltare Ashton.

Torno furioso in casa e mi ritrovo faccia a faccia con Harper.

Sta cullando Zeke contro il suo petto, massaggiandogli la schiena con movimenti calmanti mentre lui si agita.

Riconosco il signore anziano che sta parlando con mia madre, e poi si avvicina, esaminando Zeke nel corridoio.

È un pediatra, era il mio dottore e quello di Nova quando eravamo piccoli. Sono un po' sorpreso che sia ancora in servizio, ma potrebbe essere stato richiamato dalla pensione su insistenza di Dante.

Mi sposto verso il muro, appoggiandomi per sostegno mentre osservo lo scambio.

C'è qualcosa che non va con Zeke?

Usa il suo stetoscopio per ascoltare il cuore e i polmoni di Zeke. Poi controlla le orecchie, il naso e la gola con la sua luce speciale.

«Prenderò un campione,» sento mentre prende la sua borsa e tira fuori un lungo bastoncino di cotone. Fa aprire la bocca a Zeke, preleva un campione, e poi porge al bambino un lecca-lecca.

Zeke era incredibilmente irritabile durante il viaggio di ritorno finché non si è addormentato. Pensavo solo che odiasse essere legato al seggiolino e stesse protestando.

Il dottore dice qualcosa, prende degli appunti e osserva la striscia del test con il campione. Non riesco a sentirlo bene. Passano alcuni minuti, e poi scrive una prescrizione.

Il pediatra ritorna da Nikki, scambiando qualche convenevole prima che lei lo accompagni all'uscita.

«Tutto a posto con Zeke?» chiedo, guardandolo mentre succhia il lecca-lecca, con gli occhi ancora rossi dal pianto e le guance rigate di lacrime.

«Sembra che abbia la faringite streptococcica,» dice Harper. «Il dottore ci ha appena dato una prescrizione per degli antibiotici.»

Le prendo la ricetta dalle mani. «Vado a prendere la medicina,» mi offro, dirigendomi verso la porta d'ingresso.

«Luca, non devi...»

Me ne vado prima che possa finire la frase.

Ho bisogno di uscire, di mettere un po' di distanza tra noi. Ma quando arrivo in farmacia, mi rendo conto che non so nessuna delle informazioni per compilare la prescrizione.

Che assicurazione ha Harper per Zeke?

Qual è la sua data di nascita?

Allergie?

La chiamerei, ma mio padre ha ancora il suo telefono. Ha fatto prendere il cellulare da uno dei suoi uomini dall'autobus dove lei l'aveva lasciato.

Finisco per chiamare Ashton, sapendo che è ancora a casa. Non se ne andrà senza di me, dato che sono io a dargli un passaggio fino al campus.

«Dove sei scappato?» chiede Ashton.

«Puoi passarmi Harper al telefono?»

«È un tuo desiderio suicida,» scherza Ashton, e sento il telefono che cambia mano.

Zeke sta facendo dei versi accanto al telefono, rendendo più difficile sentire Harper. «Ho bisogno di alcune informazioni per la prescrizione,» dico.

Le faccio spiegare tutti i dettagli mentre compilo il modulo al banco della farmacia. Ci vuole più tempo del dovuto, e anche se so che Dante ha una scorta di farmaci e medicinali in caso di emergenza, non sono sicuro che il mal di gola di Zeke sia classificabile come tale.

Per non parlare del fatto che la prescrizione è una soluzione orale, non una pillola.

È improbabile che abbia il dosaggio e il medicinale giusto per Zeke.

Lei fa una foto della tessera sanitaria e me la invia. La signora al bancone è tutt'altro che entusiasta, ma quando spiego che siamo novelli sposi e nostro figlio è malato, sembra diventare un po' meno insensibile.

Venti minuti dopo, sto uscendo con la prescrizione, e prendo anche una scatola di ghiaccioli alla frutta per Zeke. Potrebbero sciogliersi durante il viaggio verso casa, ma almeno gli intorpidiranno la gola e forse lo faranno stare tranquillo così potremo tornare al campus stasera.

Quando torno a casa, consegno la busta con il medicinale a Harper insieme ai ghiaccioli.

«Per Zeke,» dico.

Lei apre la busta del medicinale e somministra il liquido arancione a Zeke. Lui lo prende volentieri senza troppe storie.

«Vuoi un ghiacciolo, campione?» chiedo, mostrandogli la scatola con molti colori e gusti. Gli lascio indicare il colore sulla scatola che vuole, che guarda caso è il più difficile da trovare, il blu.

Strappo via la plastica, e lui allunga la mano per prenderlo, ma lo fa anche Harper, tenendo il bastoncino.

Ho la sensazione che finirà per sporcarsi completamente i vestiti.

«Sei pronta per tornare a casa?» chiedo.

«Sì, vorrei metterlo a letto,» dice Harper.

«Vado a cercare Ashton. Ci vediamo all'ingresso tra cinque minuti.»

Vago per la casa, trovando Ashton nella biblioteca seduto con Dante.

«Torniamo a casa,» dico, interrompendo la loro discussione.

Dante sospira. «Come sta Zeke?»

«Starà bene.» Almeno lo spero. «Dovremmo metterlo a letto, però.»

«Questo fine settimana, porta Harper con te. Avremo bisogno di foto per il matrimonio. Ho anche bisogno che tu firmi questo documento,» dice Dante e indica il tavolo.

È il certificato di matrimonio.

Harper ha già firmato.

Ashton ha firmato come testimone, così come mia madre. Dante ha firmato come celebrante.

A quanto pare, sono l'ultimo a dover firmare.

Mio padre spinge verso di me una penna nera.

«Come ho detto a tua moglie, non uscirete di qui finché il documento non sarà firmato.»

Scarabocchio la mia firma e lascio cadere la penna sul certificato di matrimonio.

«Felice?» Lo guardo accigliato.

«Non particolarmente,» dice Dante. Si infila una mano in tasca e tira fuori un cellulare. «Il telefono di tua moglie che ha dimenticato sull'autobus.»

Mi mordo la lingua e lo prendo dalle sue mani, infilandolo nella mia tasca.

«Puoi stare tranquillo; non c'è nulla di compromettente sul suo telefono.»

Addio alla privacy. «Non ero preoccupato,» ribatto ed esco dalla biblioteca come una furia.

Ashton mi segue qualche secondo dopo.

«Torniamo a casa,» dico dirigendomi verso l'ingresso. Mi allaccio le scarpe da ginnastica e indosso il cappotto.

Harper sta aiutando Zeke a coprirsi prima di uscire.

Prendo le sue scarpette e riesco a infilargliele ai piedi. Non è un compito facile con un bambino irrequieto che sta gocciolando ghiacciolo blu per tutto l'ingresso.

Dante sarà entusiasta, ma ha personale che pulirà per lui.

Non ricordo di aver mai visto Dante pulire qualcosa personalmente.

Mamma viene a salutarci, portando la scatola di ghiaccioli che avevo lasciato sul bancone. «Non dimentichiamo questi per Zeke,» dice, come se non dovessi tornare venerdì sera.

L'ho vista più negli ultimi due mesi che durante tutto il mio primo anno di università.

«Grazie, mamma. Nova è già tornata al campus?» chiedo. Non l'ho vista stasera, ma forse è chiusa nella sua stanza a studiare.

«Moreno ha riportato sia Kensley che Nova a casa questo pomeriggio.»

«Ci vediamo venerdì,» dico, dando a mamma un veloce abbraccio di congedo. Anche se non sono entusiasta di tornare, mantengo la parola data.

Devo aiutare Dante con gli affari. Non so cosa tema di più, assumere maggiori responsabilità mafiose o fare foto matrimoniali con Harper questo fine settimana.

Zeke si addormenta in macchina, e sono grato per questi momenti di silenzio mentre torniamo verso il campus.

Harper è seduta dietro con Zeke; Ashton è davanti con me.

Ho la radio a basso volume, attento a non svegliare Zeke. Ashton mi guarda ma non dice nulla. Probabilmente sta pesando le parole, considerando che Harper è sul sedile posteriore.

Oggi è stata una giornata difficile.

Domani probabilmente non andrà molto meglio.

Alza leggermente il volume della radio per coprire la sua domanda quando mi sussurra: «Pensi che proverà a scappare di nuovo?»

Do un'occhiata nello specchietto retrovisore. Lei sta guardando il suo bambino addormentato e non sembra prestarci attenzione.

Onestamente, spero che non mi lasci.

Mi ucciderebbe.

Ma non posso sapere con certezza che non si spaventerà e fuggirà. Se n'è già andata una volta.

«Possiamo non parlarne?» Guardo Ashton e poi mi sposto sul sedile, sospirando.

«Giornata lunga,» dice Harper.

Non so se sia il mio linguaggio del corpo, il profondo sospiro o la domanda di Ashton a farla commentare.

Mi ha sentito?

Quando torniamo a casa, Nova esce precipitosamente dalla sua camera, così come Liam.

«Avete trovato Harper?» chiede Nova e poi i suoi occhi si spalancano quando vede Harper con Zeke addormentato tra le braccia.

«Scusa,» dice Nova silenziosamente con le labbra.

Liam sorride con un ghigno, le braccia incrociate sul petto mentre si appoggia allo stipite della porta, evidentemente divertito da tutta la situazione.

Fantastico.

Sono felice di essere motivo di divertimento per lui.

Un altro spettatore del nostro matrimonio forzato che vorrà dettagli.

Liam non conosce esattamente tutti i dettagli che hanno portato al fidanzamento, sa solo che il matrimonio è diventato una necessità su insistenza di mio padre.

Questo è tutto ciò che Liam doveva sapere per capire perché mi stavo sposando.

Anche suo padre è un mafioso; tutti quelli che vivono sotto il nostro tetto sono figli della mafia o sposati nella famiglia.

È per questo che viviamo tutti insieme, e sospetto sia anche il motivo per cui ci siamo tutti iscritti a Evergreen con borse di studio complete. Non esistono coincidenze.

CINQUE

HARPER

Dopo ventiquattro ore, la febbre di Zeke si abbassa, il che è un sollievo perché non posso mandarlo all'asilo se è contagioso.

Ho dormito nella stanza di Zeke, sul materasso singolo appoggiato contro la parete.

Zeke sembra essere entusiasta della compagnia, arrampicandosi nel letto con me ogni mattina e persino nel cuore della notte quando si sveglia.

Il che significa meno sonno per me.

Il bambino dorme di traverso, accaparrandosi non solo tutte le coperte, ma anche l'intero letto.

Più voltw, l'ho rimesso nel suo letto, ma continua a prendere l'abitudine di arrampicarsi nel mio, il che mi preoccupa perché non voglio che diventi una cattiva abitudine quando sarà un po' più grande.

Luca mi rivolge a malapena la parola, tranne che per l'occasionale cenno del capo o buongiorno quando ci incrociamo; lui va agli allenamenti presto con Ashton e Liam, io studio prima che Zeke si svegli, e devo portarlo all'asilo.

Oggi ho una giornata piena di lezioni: comunicazione, astronomia e statistica. Come studentessa di pubblicità, sono tutte materie obbligatorie, ma il corso di comunicazione è di gran lunga il più facile per me.

Mi incontro con Kensley per pranzo. È la prima volta che ci vediamo da quando sono andata via.

«Ho sentito che eri tornata,» dice Kensley mentre porto il mio vassoio al tavolo.

Ha dei lividi intorno ai polsi, e quando nota che li sto fissando, copre i segni scuri con le maniche.

«Non è niente.»

«Non è vero.» La mia voce si abbassa. «Ti hanno fatto del male?» chiedo.

Nova e Ashton entrano nella mensa e si mettono in fila per prendere la pizza. Non abbiamo molto tempo per parlare in privato.

Kensley scuote la testa. «Non fisicamente. Insomma, le cinghie hanno lasciato qualche segno, ma non è nulla che non possa sopportare. Non dovremmo parlarne qui.»

«Ho ancora la tua carta di credito.» Frugo nello zaino e la prendo, passandogliela attraverso il tavolo. «Ti ripagherò tutto...»

«Lo so. Non preoccuparti adesso.» Kensley afferra la mia mano che è sul tavolo, quella dove indosso la fede nuziale. «L'hai fatto davvero,» esclama, con la prova che le sta davanti agli occhi.

«Non avevo molta scelta.» Mi trattengo dal menzionare come il padre di Luca avesse insistito che sposassi Ashton invece di Luca. Quella parte sembra meno importante ora che sono sposata con Luca.

«Merda,» mormora tra un boccone e l'altro.

Ho ordinato un'insalata per pranzo, non avendo molto appetito, e l'ho spiluccata. L'ho mangiata perlopiù attorno; le carote e i cetrioli a cubetti hanno attirato più la mia attenzione.

«Come stai?» chiede, osservandomi.

«Bene. Luca non mi parla, beh, per lo più mi ignora.»

«Sembra un matrimonio sano.»

Sbuffo alla sua battuta e prendo la mia acqua, bevendo un sorso. «Dormiamo in camere separate. Ma lo capisco. È arrabbiato.»

«Gli passerà,» dice Kensley. «Insomma, siete sposati. Non può passare tutta la vita a evitarti.»

«Non ne sono così sicura,» borbotto sottovoce e infilzo l'insalata.

«Ehi!» dice Nova mentre prende posto al nostro tavolo. «Ho sentito la grande notizia. Fammi vedere il brillante.» Tende la mano, aspettando che vi deponga la mia.

Alzo la mano sinistra, che ha una semplice fede d'oro. «Niente brillante. Solo fedi nuziali,» dico.

«Non posso credere di essermi persa il matrimonio! Ucciderò papà per averci fatto lasciare la casa in anticipo.»

Kensley si sposta a disagio e spinge da parte il resto del suo panino, non mangiato. Sembra aver perso l'appetito, e non posso biasimarla. Non so esattamente cosa abbia passato, ma non può essere stato piacevole.

Nova ha qualche idea di ciò che è successo a Kensley?

«Scappo, ora. Ho lezione e dovrei arrivare presto; è dall'altra parte del campus,» dice Kensley, scusandosi mentre prende lo zaino e poi i suoi rifiuti da buttare.

«Ci vediamo dopo?» chiedo.

Ma lei non incrocia il mio sguardo.

«Sì, forse. So dove abiti. Se ho tempo, passerò.» Kensley schizza fuori dalla mensa come se fosse stata incendiata.

«È stato strano,» mormora Ashton e guarda Nova. «Com'è la pizza?»

«Abbastanza decente per essere cartone.» Nova guarda oltre la sua spalla nella direzione in cui è scomparsa Kensley. «Va tutto bene con lei?»

Scuoto la testa. «Non lo so. Aveva dei segni sui polsi...» dico.

Ashton si schiarisce la gola. «Moreno l'ha scortata in cantina quando abbiamo scoperto che ti aveva aiutato a scappare.»

Spingo via l'insalata.

Il poco appetito che avevo svanisce.

«Moreno l'ha torturata.» Alzo lo sguardo verso Nova.

«Papà non farebbe mai una cosa del genere. Ha insistito per farci tornare al campus per proteggere Kensley. È per questo che ci ha riportato a casa lui stesso. Stava impedendo a Matteo di interrogarla.»

«Hai visto i segni sul suo polso?» ribadisco.

«No,» dice Nova. «Papà non farebbe del male a una tua amica. Voglio dire, sono sicura che l'abbia fatta sedere per un interrogatorio, pretendendo di sapere tutto ciò che sapeva, ma non la *ferirebbe*.»

«Non ne sono così sicura,» dico, prendendo la mia acqua e bevendo un altro sorso.

«Conosco mio padre,» dice Nova. «Segue gli ordini, ma non farebbe del male a Kensley. Non farebbe del male a una ragazza. Non rientra nel suo codice.»

Mi mordo la lingua. Certo, non farebbero del male a una ragazza, ma di sicuro rapirebbe un bambino piccolo.

Nova è ingenua o in negazione. In ogni caso, discuterne ulteriormente sembra irrilevante.

«Se sei turbata per ciò che è successo in cantina, forse dovresti chiederlo a Luca,» dice Ashton. Finisce la fetta di pizza e si pulisce le mani con un tovagliolo, il suo sguardo scuro che mi trafigge.

«Che cosa vuoi dire?» chiedo.

«Era Luca quello che faceva le domande. Ha interrogato Kensley.»

L'aria abbandona i miei polmoni, e non riesco a respirare. «Dove posso trovare Luca?»

«Abbiamo entrambi filosofia dopo pranzo. Puoi venire con me. Di solito lo incontro mentre vado a lezione.»

Dopo pranzo e prima della mia prossima lezione, tendo un'imboscata a Luca mentre va a filosofia. A quanto pare, sia la sua lezione che la mia di statistica sono nella stessa direzione.

Ashton capisce l'antifona e rimane indietro di qualche passo, permettendomi di raggiungere Luca e concedendoci una parvenza di privacy.

«Sembri gelida,» dice Luca, lanciandomi un'occhiata.

«Sto ribollendo,» ringhio mettendomi al suo passo. «Hai interrogato Kensley?»

Luca si schiarisce la gola. «È un termine un po' duro. L'ho solo questionata.»

«Ha segni sulle braccia. È stata immobilizzata,» dico afferrando le braccia di Luca, impedendogli di proseguire. Ho bisogno di risposte.

«Non sono stato io a metterla su quella sedia, è stato Moreno. Io ho solo fatto le domande.»

«E non l'hai nemmeno lasciata andare,» dico, indovinando che non era lì per salvarla.

Luca fa spallucce.

Odio avere ragione, che lui abbia trovato necessario interrogarla a causa mia.

«Le hai fatto del male?» La mia mano rimane fermamente piantata sul suo braccio.

Lui si sottrae bruscamente al mio tocco. «No!» Luca sbuffa e fa un passo indietro.

Aspetto per vedere se scapperà via da me, ma non lo fa. Rimane lì, evitando il mio sguardo severo. Il suo sguardo è fisso a terra e poi sui suoi piedi. «Sapeva delle cose. Le hai parlato della *mia famiglia*.»

Inspiro bruscamente. «Non avevo scelta.»

Il suo sguardo si alza per incontrare il mio. È pieno di furia. «C'è sempre una scelta.»

«Giusto. Come se avessi potuto chiederti un biglietto dell'autobus e dei soldi per andarmene dalla città.» Alzo gli occhi al cielo, infastidita dal fatto che lui pensi che rivelare quel segreto sia stato facile per me. Ero terrorizzata per Kensley, ma ho fatto quello che pensavo fosse meglio per tutti noi.

Lui ancora non lo capisce.

Invece, è alimentato dalla rabbia e dall'odio nei miei confronti.

«Te l'ho detto, ovunque tu scappi, la mia famiglia ti troverà.»

A quanto pare, aveva ragione su questo. Luca e Ashton sono riusciti a rintracciarmi. «Avrei dovuto pagare in contanti,» mormoro.

Luca ringhia e invade il mio spazio personale, la sua mano sul mio fianco. «Avresti dovuto dirmi il tuo piano. Avrei potuto aiutarti a fuggire.»

«Ma hai appena detto...»

«Lo so, ma li avrei portati fuori strada.»

Mi allontano da lui. «Non ti credo,» dico. «Continuavi a dirmi che non c'era altra scelta. *Ovunque scappi, ti troveranno*. La tua famiglia ha amici in altre città, stati, probabilmente in altri paesi.»

«Tutte verità,» dice Luca con tono pragmatico.

Lancio le mani in aria. «Dici un sacco di stronzate, Luca. Non mi avresti mai lasciata andare!»

«Hai ragione. Come mia moglie, sei legata e vincolata a me, per sempre.»

C'è del fuoco nel suo sguardo annerito, e faccio un passo indietro.

Luca Ricci mi odia.

La maggior parte delle mie lezioni questo semestre non sono troppo male, tranne statistica. Sto affogando tra numeri e formule.

Dopo una discussione tesa con Luca e poi una temuta lezione di statistica, sono seduta nella sala studio della casa, esaminando il compito assegnato per oggi.

È tutto un mucchio di assurdità.

Un po' come un riassunto della mia vita.

«Sembri o confusa o molto costipata,» dice Ashton mentre passa.

«Odio la statistica.»

«Oh, l'ho fatta il semestre scorso. Facilissima.»

Sbuffo. «Forse per te. Hai per caso preso appunti in quel corso?» Magari posso dare un senso ai suoi appunti dell'anno scorso e usarli per capire cosa sto cercando di realizzare, perché in questo momento sto affogando, di nuovo.

Pensavo che economia fosse difficile, ma era una passeggiata rispetto a questo corso.

«Nessuno che ho conservato. Ecco, lascia che ti aiuti.» Tira su una sedia accanto a me e dà un'occhiata alle informazioni che ho scritto.

«Sì, questo è sbagliato.» Indica il compito e le mie prime due risposte.

«Okay.» Espiro pesantemente e lo fisso, frustrata. «Ci ho passato un'ora. Come può essere sbagliato?»

«Voglio dire, è sbagliato,» dice Ashton. Sfoglia il mio libro di testo e cerca di spiegarmi come l'esempio non corrisponda a quello che sto facendo. «Sei proprio fuori strada,» dice e gesticola con le mani.

«E lo sai perché...»

«Perché ho preso A in statistica e la mia specializzazione minore è in contabilità forense. Conosco i numeri. Posso farli qui,» dice, indicando la sua testa.

«Esibizionista.»

Ashton mi aiuta a cancellare la mia risposta, e poi mi guida nel farla nel modo corretto. Che non sono sicura di capire.

Me lo spiega di nuovo.

Sopraffatta, sposto indietro la sedia.

Non è che sia un cattivo insegnante; sono io che non ci arrivo.

Guardo l'orologio. Ci stiamo lavorando da più di un'ora, e devo presto andare a prendere Zeke dall'asilo e poi occuparmi della cena.

«Hai finito,» dice Ashton. «Ho visto quello sguardo negli occhi di Nova quando le informazioni non penetrano e i tuoi occhi si velano.»

«Aiuti Nova a studiare?»

«Abbiamo entrambi psicologia insieme. È più un mini gruppo di studio, solo noi due,» dice con un sorriso malizioso.

Alzo gli occhi al cielo e sollevo una mano. Non voglio sapere se la sua idea di studio non coinvolge libri e compiti scolastici.

«Sono contenta che le cose stiano andando bene tra voi due. Quando lo dirai a Luca?» Odio nasconderglielo.

Sono passati solo pochi giorni, ma è ancora arrabbiato con me per essere fuggita, lasciandolo il giorno del nostro matrimonio.

A quanto pare, le mie intenzioni non contano, solo ciò che ho fatto, ovvero umiliare la famiglia.

È stato brusco con me, scomparendo nel momento in cui provo a parlargli di qualsiasi cosa. Non è mai a casa per i pasti, il che gli offre una facile scusa per non sedersi a parlare.

E sebbene io sappia che è impegnato con l'hockey, lo sono anche Ashton e Liam, eppure li vedo più di quanto veda il mio stesso marito.

Quella parola suona strana mentre attraversa la mia mente.

Marito.

Finché morte non ci separi.

L'unico voto che probabilmente lui sente vero, perché so che amarmi non è tra questi.

«Fai una pausa,» dice Ashton, strappandomi dai miei pensieri.

«Sì, devo andare a prendere Zeke.»

«Se mai avessi bisogno di aiuto con lui,» offre Ashton.

«Grazie. Sei un buon amico, anche se stai mentendo al tuo migliore amico.» Lo fisso, desiderando che racconti a Luca della sua relazione con Nova.

È egoista da parte mia, lo so, ma se Luca si concentrasse su Nova, forse non sarebbe più così arrabbiato con me, no?

La porta d'ingresso si spalanca e chiudo il mio libro di testo. Dovrei davvero mettere via tutto. Ho finito per oggi, e abbandono i compiti. Non sono riuscita a completarli, forse lo farò dopo cena quando avrò più tempo per fissarli con sguardo vuoto perché sono un disastro in statistica.

Luca ci passa davanti con il suo zaino e torna indietro subito quando vede Ashton e me nella sala studio.

I suoi occhi si irrigidiscono mentre guarda noi due,

come se ci avesse colto a fare qualcosa di immorale. «Che diavolo sta succedendo qui?»

Ashton allunga le braccia e appoggia una mano sulla mia spalla, tenendomi come si terrebbe una fidanzata.

Mi volto verso Ashton, chiedendomi che diavolo stia facendo.

«Ashton ha visto che ero in difficoltà e si è offerto di aiutarmi,» dico.

Luca sbuffa e scuote la testa. «Non ha bisogno del tuo aiuto, Ashton. Hai già fatto abbastanza, stai lontano da mia moglie!»

Ashton si alza e gira intorno al tavolo, venendo faccia a faccia con Luca.

Non ha paura di lui, né indietreggia.

«Perché? Sei geloso?» Ashton inclina la testa, squadrandolo. «Per come la vedo io, tua moglie aveva bisogno di un po' di *ripetizioni* private e io ero disposto a *dargliele*, a differenza tua.»

L'allusione trasuda dalle sue parole, un sorriso peccaminoso si allarga sulle sue labbra.

Ashton sta provocando Luca e sta godendo ogni minuto.

La mia bocca si spalanca, chiedendomi perché diavolo Ashton stia facendo lo stronzo. Sa che il nostro rapporto è precario in questo momento. Sta cercando di peggiorare le cose?

Luca lascia cadere lo zaino e si avventa su Ashton, facendolo cadere a terra mentre inizia a tirare pugni al suo migliore amico.

Ashton blocca la maggior parte di essi con il braccio, ma uno lo colpisce alla gabbia toracica e lui fa una smorfia.

«Smettetela!» urlo, balzando su dal tavolo. Non so come separare due ragazzi che stanno litigando, tanto meno senza essere colpita.

Ashton spinge via Luca, ed entrambi si rimettono in piedi.

«Perché diavolo state litigando?» Guardo male Luca, pretendendo di sapere cosa gli sia preso.

«Perché *lui* ti sta dando ripetizioni? Se hai bisogno di aiuto, vieni da me!» Luca sta digrignando i denti e mi trattengo dal roteare gli occhi.

«Sei... geloso?» Non riesco a capire di cosa Luca debba essere geloso; non vuole nemmeno starmi vicino. «Sta solo cercando di provocarti. Non sta succedendo niente di deplorevole tra noi. Mi sta solo aiutando con i compiti. Ashton ha fatto statistica l'anno scorso.»

«Anch'io.» Il labbro superiore di Luca trema con un ringhio. «Se hai bisogno di aiuto, sono tuo marito: ti aiuterò io.»

Oh, è decisamente geloso. I muscoli del suo braccio si flettono e la sua mascella si irrigidisce.

È anche piuttosto sexy, non che glielo confesserei in questo momento.

È furioso e non ha voluto avere niente a che fare con me dal giorno del matrimonio.

È questo il modo di Ashton di cercare di aiutare, creando problemi per far sì che Luca mi noti di nuovo?

«Va bene,» dico e infilo tutto nel mio zaino. «Puoi aiutarmi stasera con i compiti di statistica, Luca?»

«D'accordo,» brontola. «Dopo che Zeke sarà a letto.»

Ci vuole un po' di tempo per mettere a letto Zeke. Continua a salire nel mio letto nella sua stanza e vuole le coccole. Mi sdraio con lui nel letto da adulto, facendolo sistemare e chiudere gli occhi. Gli strofino la schiena, finalmente sollevata quando il suo respiro si regolarizza e si addormenta.

Lo porto con attenzione nel suo letto da bambino, coprendolo prima di uscire dalla sua stanza, la nostra stanza.

I miei vestiti sono ancora nel comò dove dorme Luca, ma il mio letto è stato nella stanza di Zeke per le ultime notti.

Non sono sicura di quando Luca vorrà condividere un letto con me, sesso a parte, solo stare nella stessa stanza con me lo mette in tensione.

E pensa di aiutarmi con i compiti di statistica?

Mi dirigo verso la sala studio e dispongo i miei libri e compiti sul tavolo davanti a me.

Tutto mi sembra familiare, solo perché ero già qui oggi, non perché sappia qualcosa di quello che sto facendo in statistica.

A quanto pare, non so neanche cosa sto facendo con il mio matrimonio.

Luca gioca a hockey giovedì sera; forse, se mi presento con Kensley o Nova alla partita, potrei essere in grado di riportare le cose tra noi sulla giusta strada.

Non che mi aspetti che lui voglia una replica di me che lo scopo mentre indosso una maglia dei Narwhals, ma solo essere trattata come un'amica invece di essere ignorata o sgridata sarebbe un bel cambiamento.

Luca entra silenziosamente nella sala studio.

Ha i capelli bagnati, i pantaloni della tuta gli cadono bassi sui fianchi mentre indossa una maglietta, e non posso fare a meno di fissarlo.

«Ti sta colando la bava,» mi dice.

Sta cercando di provocarmi? Perché ci sta riuscendo. Non voglio sentire questa attrazione, ma è impossibile ignorarla mentre fisso i suoi muscoli, il suo corpo tonico, quella linea che scende fino a dove poggiano i suoi pantaloni della tuta.

«Stronzo,» mormoro.

Viene a sedersi accanto a me al tavolo, e cerco di non respirare il suo profumo, sandalo e ambra. È sicuramente lo shampoo che usa, ma cazzo, quell'aroma risveglia tutti i miei sensi in modi in cui non dovrebbe.

Non quando lui mi odia.

Mi agito sulla sedia, sperando che sia ignaro dei primi segni della mia eccitazione. Solo averlo accanto a me, con il calore che emana dal suo corpo, mi fa sentire come un animale in calore, pronta a saltargli addosso.

Calmati, ragazza.

Lui non ti vuole.

«Statistica,» dico, ma la mia voce gracchia, e lui gira la testa per guardarmi.

Prendo un respiro, cerco di ricompormi e forzo un sorriso. «Grazie per avermi aiutato con i compiti.»

«È un po' prematuro,» dice Luca. «Non ti ho ancora aiutata.»

In silenzio prende il compito e lo legge per vedere su cosa stiamo lavorando.

E proprio come l'anno scorso, eccolo lì, che mi spiega tutto, mi guida attraverso ciò che il professore sta cercando e come arrivare alla conclusione giusta.

È brillante, intelligente e sexy da morire.

Vorrei odiarlo, ma non posso.

Passiamo un'ora insieme, studiando davvero, che consiste in Luca che mi fa da tutor in statistica e mi aiuta a recuperare la lezione di oggi dove mi sembrava di non aver imparato un accidente.

Si stiracchia e prende il mio quaderno. Il mio stomaco brontola mentre lui sfoglia le pagine e scuote la testa. «Hai scritto tutto questo in classe, ma è sbagliato.»

«È quello che ha detto l'insegnante,» ribatto.

«Sì, beh, è sbagliato.»

«Okay, Einstein, vuoi correggerlo?» Gli porgo la matita.

«Non particolarmente.» Luca si alza e si dirige fuori dalla sala studio.

Emetto un sospiro e appoggio la testa sul tavolo.

Immagino che abbia finito con me.

Un minuto dopo, il suono di un pacchetto che si accartoccia attira la mia attenzione e alzo la testa, guardando in alto.

Luca ritorna con un sacchetto di patatine, spingendomi verso lo spuntino salato. «Il tuo stomaco sta facendo rumori e non riesco a concentrarmi quando fai rumore.»

«Grazie,» dico, prendendo con riluttanza la busta dalla sua presa. Mi metto in bocca alcune patatine e le sgranocchio.

Il suono del mio sgranocchiare non sembra infastidirlo. Sta diligentemente sistemando il mio quaderno, ripulendo i miei scarabocchi e commenti in modo che siano accurati. Sta sfogliando il mio libro di testo insieme al mio quaderno, dando un senso al caos che ha davanti a sé.

Luca sta davvero provando ad essere gentile con me?

Decido di non chiedere, tenendo la domanda per me.

Gli offro una patatina e lui apre la bocca, lasciando che gliela metta in bocca mentre le sue mani continuano a cancellare e poi riscrivere, prima di girare la pagina nel mio libro di testo e poi nel mio quaderno, rifacendo tutto da capo.

«Penso che una volta che avrai degli appunti accurati, potresti effettivamente capire meglio quello che stai imparando,» dice Luca.

«Non sono una che prende appunti male,» ribatto.

«No, ma penso che non hai afferrato bene il concetto e poi hai costruito su quella base, il che ha reso tutto un pasticcio.»

«Storia della mia vita,» dico.

Luca gira la testa, inclinandola mentre mi guarda. «Non farlo.»

«Non fare cosa?» Chiedo, non sicura di cosa ho fatto per offenderlo.

«Trasformare questo in un "è tutta colpa mia". Perché non lo è.» Si volta verso il mio quaderno, gira la pagina del libro di testo, poi cancella i miei appunti prima di rielaborare ciò che ho sbagliato.

«Sono abbastanza sicura di essere io la ragione per cui siamo in questo casino,» dico. «Sono andata nello scantinato quando non avrei dovuto...»

Luca sospira pesantemente. «Sì, beh, non avrei nemmeno dovuto lasciarti venire alla tenuta quella notte. La colpa è di entrambi.»

Vorrei allungare la mano, passarla sulla sua schiena. Posso vedere il peso di tutto questo, la lotta che ha sopportato. Non sono solo io ad affrontare quello che è successo. Siamo in questa situazione insieme.

Sebbene sia difficile non sentirsi in colpa perché sono la causa, posso vedere che lui prova rimorso, e non voglio che si penta di nulla di tutto ciò.

«Non è colpa tua,» dico e allungo la mano, posandola sul suo braccio.

«No, è colpa di entrambi.» Mi fissa e poi guarda la mia mano sul suo braccio. Il suo sguardo è abbastanza intenso da bruciarmi, e ritiro di scatto la mano, rimettendola in grembo.

«Scommetto che non la pensi così riguardo alla mia fuga il giorno del nostro matrimonio,» mormoro.

La mascella di Luca è tesa. Le sue spalle sono rigide, e fissa le pagine di appunti, la sua voce aspra e cruda. «Che tu ci creda o no, avevo la sensazione che non ti saresti presentata.»

«Mi dispiace,» sussurro, e vorrei toccarlo, ma non voglio nemmeno che lui mi odi.

Sto cercando di dargli spazio, lasciare che si calmi e arrivi a realizzare che siamo sposati. A meno che non abbia intenzione di portare un'altra ragazza nel suo letto, e non penso che lo farebbe; alla fine, deve per forza volermi di nuovo.

Questo autolesionismo e odio nei miei confronti non può durare per sempre.

«Non scusarti,» ringhia. «Non quando non lo pensi davvero.»

Stringo le labbra e decido che sia meglio non dirgli che lo penso davvero. Che se avesse letto la lettera, allora dovrebbe sapere che l'ho fatto per lui. Stavo cercando di liberarlo, lasciare che vivesse senza essere sotto l'ombra di suo padre.

Il silenzio riempie il vuoto tra noi, e quando lo guardo, è difficile non fissarlo. I muscoli del collo si tendono per la tensione che trattiene nelle spalle.

Dovrei lasciare che il silenzio continui a riempire l'aria, ma non riesco a rimanere ferma.

«Ho visto Kensley a pranzo oggi.»

Luca deglutisce, e la sua mano si ferma mentre sta correggendo i miei appunti.

«Ha dei lividi sui polsi,» sussurro, e lui trasalisce. «Sai qualcosa al riguardo?»

«Non farmi domande di cui non vuoi le risposte,» sbotta Luca. Mette giù la matita, sfoglia alcune pagine del quaderno. Ha finito e fa scivolare il quaderno davanti a me per rivedere le nuove annotazioni.

«L'hai interrogata.»

«Ho fatto ciò che era necessario per trovarti.»

«Ti avevo detto di non inseguirmi,» dico, e lui gira la sedia per guardarmi.

«No, Harper, mi hai scritto una lettera. Non mi hai detto nulla di persona.»

«Semantica.»

Luca scuote la testa. «Credi davvero che se ti avessi lasciata andare a Las Vegas o dovunque stessi scappando, mio padre non ti avrebbe riportata indietro?»

Era quello che speravo. È per questo che ho usato la carta di credito di Kensley e non quella che i miei genitori mi avevano dato per le emergenze.

Non mi era venuto in mente che avrebbero potuto rintracciare i suoi acquisti e scoprire dove fossi andata.

«Mi dispiace. Non sarei dovuta scappare.»

«Di nuovo, non scusarti quando non lo pensi davvero,» dice Luca, fulminandomi con lo sguardo. Sono sorpresa che non si sia alzato e non sia uscito furioso.

È ancora incredibilmente arrabbiato, ma non sono sicura che non ci siano anche dolore e sofferenza rinchiusi nel suo cuore.

«Riguardo a Kensley, cosa è successo? Le hai... fatto del male?»

Ho notato i segni sulle sue braccia. Ne ha altri sotto i vestiti? Non ho notato se avesse messo del trucco per coprire altri lividi, ma del resto non ci avevo fatto molta attenzione.

«Pensi che io sia come mio padre,» dice Luca e spinge indietro la sedia.

L'ho perso.

Si alza e fa un passo indietro. Non lascia la sala studio.

Siamo solo noi due qui, ma non c'è una porta, nessuna vera privacy. Chiunque può sentirci litigare, e ho cercato di mantenere un tono basso per non svegliare Zeke.

«Non ho detto questo, Luca.»

«Non ne hai avuto bisogno!» Si passa una mano tra i capelli scuri, e il suo respiro diventa più pesante. Posso sentirlo dall'altra parte della stanza, ogni respiro che fa. Le sue mani si stringono a pugno lungo i fianchi.

«Kensley aveva dei lividi. Voglio solo sentirlo da te. Dimmi cosa è successo.»

«Non le ho messo un cazzo di dito addosso!» mi urla Luca.

Chiudo momentaneamente gli occhi per cercare di calmare il mio cuore che batte all'impazzata. Rimangono chiusi solo per una frazione di secondo prima che io sbatta le palpebre e torni a fissarlo.

«Aveva dei lividi sui polsi,» dico, senza avere la minima paura di Luca.

Di suo padre, invece, quella è un'altra storia.

«Non l'ho messa io in manette,» dice Luca. «Non l'ho trascinata io nella cantina. È stato Moreno.»

La mia sedia cigola mentre mi alzo e mi ritrovo faccia a faccia con Luca. «Ma non l'hai nemmeno lasciata andare.»

«No, non l'ho fatto.» Respira pesantemente, osservandomi, il suo sguardo che vaga sul mio corpo e poi sulle mie labbra.

Ho già visto quello sguardo ardente prima. Se non dormissimo in stanze separate, sarei in punta di piedi e mi sporgerei per baciarlo.

Invece, incrocio le braccia sul petto. «Perché?»

«Perché aveva delle informazioni!» urla Luca. «Sapeva dove stavi andando, almeno così pensavo. Kensley sapeva sicuramente troppo. Sei fortunata che Moreno non abbia detto tutto a Dante.»

Mi si mozza il respiro, e sento il battito accelerare. «Moreno ha tenuto un segreto a Dante?»

«Più che altro ha trattenuto informazioni. Non so perché, non chiedermelo,» si lamenta Luca. «Io l'avrei detto a mio padre, ma d'altra parte, avrei fatto qualsiasi cosa in mio potere per farti incazzare.»

Beh, sta funzionando.

Annuisco, faccio un passo indietro e mi giro dandogli le spalle, raccogliendo il mio quaderno e il libro di testo, rimettendo tutto nella borsa dei libri.

Luca mi afferra i fianchi da dietro, facendomi sussultare. Le sue mani mi afferrano le braccia, inchiodandomi contro il tavolo, faccia in giù.

Sussulto, sentendo la sua erezione che mi preme da dietro. «Dovrei prenderti qui, adesso, far sapere a tutti che mi appartieni.»

Non c'è calore nelle sue parole, né gioia.

È puro possesso.

Il mio cuore balbetta, e cerco di spingere via Luca, ma è troppo forte.

«Non scoperemo qui ,» ringhio, dandogli una gomitata per farmi lasciare.

Allenta la presa su di me, e io mi giro per affrontarlo. Il bordo del mio sedere è contro il tavolo, e lui sta invadendo il mio spazio personale.

In qualsiasi altro momento sarei eccitata.

A essere onesta, sono un po' eccitata anche adesso, il solo fatto di stargli vicino mi fa questo effetto, ma non sto per offrirgli una specie di scopata rabbiosa per soddisfarlo.

Non quando chiunque potrebbe passare o Zeke potrebbe alzarsi dal letto e assistere a suo padre che scopa sua madre sul tavolo da studio.

«Oh, tesoro, scoperai con me quando e dove ti dico io,» mi sussurra Luca nell'orecchio. «Perché siamo sposati.»

Alzo gli occhi al cielo e gli pesto un piede.

«Hai mai sentito parlare di consenso?» gli ringhio. «Solo perché siamo sposati, non significa che puoi pretendere quando fare sesso. Quindi, vai a farti fottere! Sei diventato esattamente come tuo padre!»

SEI

LUCA

Harper sa esattamente quali parole usare per farmi infuriare. Come un'infezione, le sue parole mi tormentano.

«Non sono mio padre» ringhio allontanandomi da lei.

Però ha ragione. Non la costringerei mai a fare sesso con me.

Il matrimonio.

Quello è completamente diverso. Nessuno di noi ha avuto scelta, ma non mi imporrei mai su di lei.

E odio me stesso per aver quasi perso il controllo, per aver voluto scoparla fino a farle perdere i sensi e farla implorare di perdonarla.

Perché è tutto ciò che servirebbe per far svanire la mia rabbia in questo momento. Passare del tempo con lei, che riesce a penetrarmi sottopelle, mi fa venire voglia di dimenticare perché la odio.

Anche se non sono sicuro di poter davvero odiare Harper Ricci. Dopotutto, è mia *moglie.*

La parola mi suona ancora estranea.

Solo i miei compagni di squadra più stretti, quelli di sangue mafioso, conoscono la verità: Liam e Ashton.

Tutti gli altri nella squadra pensano che io sia pazzo per aver sposato Harper. Ma almeno non devo preoccuparmi che organizziamo feste in casa. Con Zeke sotto il nostro tetto, i giorni di baldoria a casa nostra sono finiti.

Chase ha intenzione di ospitare serate quando abbiamo partite in casa. Quando vinciamo, ci sarà una festa; quando perdiamo, probabilmente una serata di musi lunghi. Si è trasferito nella vecchia casa dove stavo il semestre scorso con gli altri compagni, Rowan, Miles e Brooks. Sono matricole, e quando hanno sentito da Chase che potevano trasferirsi fuori dai dormitori, hanno colto l'occasione al volo.

Dopo la nostra tesa sessione di studio, Harper e Liam sono sul divano, Ashton e Nova seduti sul pavimento.

«Giochiamo a qualcosa» dice Nova sorseggiando il suo mocktail. Almeno, presumo sia quello che sta bevendo, dato che le abbiamo nascosto l'alcol.

«Che tipo di gioco?» chiede Ashton, ma c'è decisamente una certa esitazione da parte sua.

Non è l'unico a sentirsi esitante, perché l'idea di gioco della mia sorellina non è qualcosa a cui necessariamente vorrei partecipare.

«Obbligo o Verità.» Nova è tutta sorrisi, e sento che sta tramando qualcosa. Probabilmente sta cercando di far avvicinare me e Harper.

No, grazie.

Harper non è la mia persona preferita al momento.

Non posso credere alla sua sfacciataggine, dirmi che sono come mio padre, e Ashton è un pessimo secondo, che fa da tutor a *mia moglie*.

Dovrei esserne al di sopra. Razionalmente, so che non ci sta provando con lei. Non mi tradirebbe in quel modo, ma non posso fare a meno di sentire la gelosia crescere dentro di me quando li vedo insieme.

Ridere.

Sorridere.

Non è facile essere sposati quando i segreti continuano a separarci.

La nostra relazione non è costruita sulla fiducia.

Ashton non sa cosa significhi, quanto sia facile per lui in questo momento.

Non voglio sentirmi così, la bruciatura allo stomaco, il dolore nel cuore, la rabbia che cresce dentro di me ad ogni sguardo e sorriso che condividono.

La loro amicizia non è costruita su bugie.

Come posso non essere geloso?

Liam allunga le braccia sul divano e sorride maliziosamente. «Potrei giocare. Non sono tanto interessato alla parte degli obblighi di Obbligo o

Verità. Che ne dite se dobbiamo solo rispondere a qualsiasi cosa ci venga chiesta?»

Gli occhi di Nova si posano su Liam. «Codardo.» Emette un profondo sospiro. «Ma va bene, possiamo fare un gioco solo di verità.» È come se condividessero un segreto.

Per l'amor del cielo.

Tutti mi stanno nascondendo segreti o sto diventando più paranoico come mio padre?

Passare del tempo con lui *mi sta* influenzando.

Borbottando, non sono entusiasta di questo piccolo gioco, ma lo tollero. Passare del tempo, tutti insieme, è raro di questi tempi.

Espiro dal naso, prendo una birra dal frigorifero e mi siedo sul pavimento. «Sì, certo. Colpitemi con il vostro colpo migliore.» Mi offro di andare per primo, almeno per togliermi il pensiero come un cerotto. Più a lungo hanno per pensare alle domande, più diventerà difficile.

Ashton sorride maliziosamente. «Comincio io. Per quanto tempo hai intenzione di rimanere arrabbiato con me perché studio con Harper?»

Forse dovrei riconsiderare e optare per una tranquilla serata nella mia stanza, a letto.

Alzo gli occhi al cielo e bevo un sorso di birra. «Questo sarebbe meglio come gioco alcolico» mormoro.

«Ci sto!» Nova salta dalla sua posizione sul pavimento, e la guardo accigliato.

«C'è della birra in frigo. È tutto quello che c'è in questa casa» dico.

Liam e Ashton mi fissano entrambi. Giuro che è lo sguardo di *sappiamo che stai mentendo*, ma nessuno dei due mi smentisce.

È bello che siano entrambi miei compagni di squadra e mi coprano le spalle.

«Va bene.» Nova alza gli occhi al cielo e si risiede pesantemente.

«Tocca a me» dico, sorridendo maliziosamente.

Ashton ride. «Col cazzo. Non hai risposto alla domanda.»

Sorseggio la mia birra, fingendo di non averlo notato. «Oh. Non l'ho fatto? Beh, finché non ci provi con Harper e tieni le tue zampacce lontane da lei, penso che andrà tutto bene.»

Ashton si passa una mano tra i capelli. La frustrazione gli segna la fronte, con la vena che sporge leggermente. «Vi rendete conto entrambi che la mia intenzione era solo studiare, vero?» Ashton guarda da Harper a me.

«Certo che era così!» Gli occhi di Harper si spalancano, e sono sorpreso che non mi stia urlando in faccia. «Siamo sposati. Forse questo non significa nulla per *te*, Luca, ma per me significa qualcosa. Non ti tradirei mai! Sarai sempre un tale uomo delle caverne? O c'è qualche possibilità che tu evolva?»

Ha un modo di cercare di farmi infuriare, ma mi rifiuto di lasciarla riuscire. «Non tocca a te fare la domanda, Harper.» Le lancio un'occhiata, indicando che non ho intenzione di risponderle.

«Non preoccuparti. Era retorica.»

Le mie sopracciglia si aggrottano mentre volgo la mia attenzione su Ashton. «Perché improvvisamente non porti più innumerevoli ragazze nella tua camera da letto?»

Non oso chiedere se è perché ha ancora una cotta per Harper. Sarebbe solo un'altra lite stasera, e mi sto stancando di tutti i nostri litigi.

Ashton che non fa sesso non è un'opzione, il che significa che è stato con ragazze nelle loro camere del dormitorio o appartamenti. Non ho problemi con questo, ma mi sono chiesto fin da prima che ci trasferissimo nella nuova casa, perché questo cambiamento?

Non avevo intenzione di chiederglielo, perché, francamente, so che non sono affari miei.

Ma se Ashton si intromette nella mia relazione, allora è il momento che io mi immischi nella sua, cazzo.

Ashton stringe le labbra e rimane in silenzio.

Un silenzio un po' troppo prolungato.

Passa le dita sul tappeto prima di alzare lo sguardo verso di me. «Ho chiesto prima io. Non puoi farmi una domanda adesso, ma dato che non ho nulla da nascondere, ho pensato che non avresti voluto che portassi *innumerevoli ragazze* nel nostro nuovo appartamento. Considerando che hai un bambino sotto il tuo tetto.»

La sua risposta mi sorprende.

Annuisco bruscamente e guardo Harper, che fissa Ashton con intensità.

«La mia domanda è per Harper,» dico, volendo sapere perché lo sta guardando *in quel modo*.

Liam scuote la testa, interrompendomi. «Hai già fatto la tua domanda. Tocca a me. Qualcuno mi chieda qualcosa, ma che sia interessante. Questo gioco della verità è noioso.»

Nova alza gli occhi al cielo guardando Liam. «Non è così che funziona questo gioco, ma va bene. Che storia c'è tra te e Iris?» È in attesa che lui elabori.

Siamo tutti in attesa di maggiori dettagli.

«Iris?» chiedo. Non sapevo che Liam stesse frequentando qualcuno.

«La mia amica con benefici.» Liam fulmina Nova con lo sguardo. «Come fai a sapere di *lei*?»

«Hai lasciato il telefono sul divano l'altra sera e lei ti ha mandato un messaggio. I suoi messaggi erano sulla tua schermata principale.»

I suoi occhi si spalancano leggermente, ma si sposta sul divano. Sta cercando di fare il disinvolto, ma posso vedere il sudore che gli imperla la fronte.

«Quanto hai visto?» Liam si strofina le mani sui pantaloni.

Sta decisamente sudando.

«Intendi quanto ho letto?» Nova sorride maliziosamente. Lo sta prendendo in giro. Conosco quel sorriso, sta mentendo spudoratamente e lui ci sta cascando.

«Non tormentarlo,» ringhio a mia sorella minore. «Ha diritto alla sua privacy.»

Nova sbuffa. «Certo. Come vuoi.»

Liam fulmina Nova con lo sguardo. «E tu? Vuoi dire a tutti *chi stai frequentando?*»

Nova si schiarisce la gola e stringe le ginocchia al petto. «Non sto frequentando nessuno.» La sua voce si incrina mentre le si blocca in gola.

Lo saprei se Nova avesse un fidanzato.

Sarebbe sempre al telefono a mandargli messaggi, se esistesse un ragazzo del genere.

Se Liam sta cercando di farla sentire piccola, patetica perché nessuno mostra interesse per lei, non lo permetterò. «Nova è troppo intelligente per farsi coinvolgere in una relazione. Si sta concentrando sui suoi studi. A differenza di altri.» Lancio un'occhiataccia a Liam per zittirlo.

Nova prende il suo cocktail analcolico e si alza. «Mi sono annoiata. Questo gioco non è divertente. Vado a leggere in camera mia.»

Fa finta di non essere ferita.

La lascio andare. È meglio che il gioco finisca prima che si faccia altro danno. Mi alzo, non volendo restare bloccato a rispondere ad altre domande su Harper o sul suo studiare con Ashton. Sono ancora fumante di rabbia per questo, anche se non vorrei esserlo.

Non posso controllare i miei sentimenti.

Riesco a dormire qualche ora, ma dopo aver litigato con Harper mentre cercavo di aiutarla a studiare e dopo quel ridicolo gioco della verità a cui non avrei mai dovuto partecipare, non sono minimamente stanco.

Sono sovra stimolato.

Mi sveglio prima dell'alba, il che non è una sorpresa dato che gli allenamenti iniziano sempre alle sei e trenta in punto. Facciamo riscaldamento sul ghiaccio e poi gli esercizi.

Almeno la pista di ghiaccio mi dà uno scopo e forse può aiutarmi a schiarirmi le idee.

«Com'è la vita da sposato?» Chase pattina accanto a me mentre ci esercitiamo con i passaggi e poi con i tiri in porta.

«Fottutamente meravigliosa,» dico.

«Già problemi in paradiso?» Rowan ci sente.

Cazzo.

Devo mantenere la calma. Questi ragazzi non hanno la minima idea di cosa stia succedendo tra noi, perché ci siamo sposati o che la mia famiglia è mafiosa.

Fare domande ci metterebbe tutti nei guai. Non sono un idiota. So che Ashton sta facendo la spia per

Dante. Non sono solo sicuro se l'obiettivo sono io o Harper.

Probabilmente entrambi.

«Voleva una luna di miele,» dico. È una bugia facile e credibile.

«Non è quello che vogliono tutte?» dice Chase sarcasticamente. «Portala da qualche parte durante le vacanze di primavera.»

Il suo suggerimento non sarebbe male, se non fosse che non voglio passare un altro momento nella stessa stanza con Harper.

Mi allontano pattinando, evitando ulteriori discussioni su mia *moglie.* Forse avrei dovuto fingere che non ci fossimo sposati, ma l'anello al mio dito è un chiaro promemoria che è successo.

Finiamo gli esercizi, facciamo la doccia e la squadra fa colazione insieme nella mensa.

Sono affamato e Ashton prende posto accanto a me. Giurerei che sta cercando di assicurarsi che non ceda sotto pressione, e non per l'hockey.

«Non posso credere che non ci hai invitato al

matrimonio,» dice Rowan mentre indica l'anello al mio dito. «Quando è successo?»

«Sabato,» dico, tra un boccone di uova e l'altro. «È stata una cerimonia molto intima.»

Non è una bugia completa, dato che quando abbiamo scambiato i voti, erano presenti solo poche persone. Non era il matrimonio che mamma aveva pianificato per noi. Non era nemmeno il giorno del matrimonio che avevo immaginato, dato che l'ho passato a cercare la mia sposa.

«La Tua sarà presente alla partita di giovedì?» chiede Brooks. È il meno fastidioso tra le matricole che mi stanno interrogando sul matrimonio, probabilmente perché non ha ancora incontrato Harper.

«Harper?» dico e prendo un altro boccone di colazione. «Ne dubito. Ha un bambino, un orario di andare a letto presto e tutto il resto.» È una scusa facile che posso usare, e dato che giochiamo in trasferta, non devo mentire.

«Tuo figlio?» chiede Brooks, con gli occhi che si spalancano.

«Solo per matrimonio,» dico e faccio una pausa, strofinandomi il collo. Quella è una conversazione che non abbiamo mai avuto. Se succedesse qualcosa a Harper, chi avrebbe la custodia di Zeke?

Una conversazione pesante a cui non voglio mai pensare, quindi metto da parte quel pensiero.

«Cavolo. Matrimonio e un figlio,» dice Rowan. «Ti sei davvero preso tutto il pacchetto completo.»

Ashton sorride. «Harper è il pacchetto completo. L'avete vista? Curve e tutto il resto.» Fa il gesto del bacio dello chef, e ho una fottuta voglia di farlo stare zitto una volta per tutte.

Lancio un'occhiataccia ad Ashton. Se sta cercando di aiutarmi, non sta funzionando. Sta solo cercando di farmi ingelosire parlando così di *mia moglie*.

Ashton nota il mio disagio e forza un sorriso. «Ti sto solo facendo le congratulazioni, amico. Hai il meglio di entrambi i mondi.»

No, ho fatto un pessimo affare, ma non posso lamentarmi con i miei compagni di squadra.

Liam si siede di fronte a me. È silenzioso, scorre il telefono e mangia la colazione, tenendosi per sé. Apprezzo che non peggiori la situazione.

Lui conosce la verità, proprio come Ashton, che però preferisce prendermi in giro.

«Qualcosa di interessante?» dico, lanciando un'occhiata a Liam, sperando di spostare la conversazione lontano dalla mia fottuta vita sentimentale.

Liam sorride e scuote la testa. «Solo la mia amica con benefici,» dice. «Le piace mandarmi foto.»

Rowan allunga la mano verso il telefono di Liam, e lui ringhia, respingendolo. «Trovati la tua ragazza.»

«Wow,» dice Rowan. «Non pensavo saresti stato così possessivo visto che è solo la tua scopamica.»

«È veramente un'amica. Ci vediamo solo quando siamo entrambi in città. Sono foto di lei con il suo cane, idiota,» ringhia Liam.

L'amica con benefici di Liam non frequenta l'Evergreen University, il che rende la situazione meno che ideale. Ma so che è meglio non prendere in giro Liam. Finirebbe per litigare con me, e ho già Ashton a cui pensare.

«Sarebbe meglio se fossero foto di lei con la sua micetta,» ridacchia Ashton.

«Vuoi così tanto farti ammazzare, Rinaldi?» Liam fissa Ashton e poi gli lancia un croissant in faccia.

«Oh, sicuramente ce l'ha,» dico mentre prendo un altro boccone della mia colazione.

Ashton si appropria del dolce che lo ha aggredito. «Grazie, amico.» Alza il dolcetto e sorride prima di morderlo.

La folla nell'arena di ghiaccio è ricoperta di verde e nero. Stasera giochiamo contro i Predators, una squadra che dista solo poche ore dalla città. È un college privato più piccolo, ma sono stati i nostri rivali più longevi e più grandi.

Liam è emozionato, dato che la sua amica con benefici frequenta il Great Falls College. Di solito torniamo a casa dopo una partita che si trova a un paio d'ore di distanza, ma le previsioni annunciano diversi centimetri di neve durante la notte, e ha iniziato a nevicare dopo il nostro arrivo.

L'allenatore ha prenotato un blocco di stanze per noi nell'hotel in città. Condivido la stanza con Ashton, che non è il peggior compagno di stanza, anche se chiunque abbia Liam è fortunato, poiché lui non resterà in hotel.

Non ci sono regole sul fatto di andarsene. Se hai famiglia, ti è permesso dormire da loro per la notte, purché tu sia di nuovo sul bus al mattino quando partiamo. Altrimenti, è meglio che ti trovi un passaggio per tornare al campus.

«Il posto è pieno,» dico, notando la folla. C'è un gruppetto di tifosi dei Narwhals che si distinguono in turchese e bianco, ma non sono molti nell'arena. Sospetto che il tempo abbia impedito a molti dei nostri tifosi di venire stasera.

Ci scaldiamo sul ghiaccio, facciamo un po' di stretching e ci prepariamo ad annientare i Predators. Non ci sono altre opzioni.

Abbiamo bisogno di una vittoria stasera.

Liam è da un lato, Ashton dall'altro. «Hai visto chi c'è sugli spalti stasera?» Liam fa un cenno verso il plexiglass.

Il mio sguardo scorre la folla, chiedendomi chi Liam stia vedendo.

In prima fila, un signore con folti capelli scuri e occhi ancora più scuri indossa un completo elegante. Sembra un po' fuori posto, ma lo riconosco. «È...»

«Kyler Greyson,» dice Liam, e la sua mascella si stringe. «La sua fastidiosa mocciosa, Bristol, frequenta Great Falls.»

Mi si blocca il respiro in gola. «Conosci Greyson?»

«Quale dei due-...sì.» Liam risponde un po' troppo velocemente. «Non così bene. Abbiamo frequentato la scuola privata insieme fin da piccoli.»

«Intendevo Kyler Greyson.» Non m'importa di Bristol. «C'è possibilità di presentarmelo?» chiedo, pattinando all'indietro mentre il mio sguardo non lascia quello del signor Greyson.

«Solo se vuoi affrontarlo da solo,» dice Liam.

Greyson è l'unica possibilità che ho di entrare nella NHL e di allontanarmi da mio padre.

Questo non vuol dire che non potrei essere selezionato se mi iscrivessi al draft NHL, ma è un'ipotesi remota. Ci sono giocatori migliori in altre scuole. Posso essere il migliore all'Evergreen, ma non sono il migliore in assoluto.

Non sono così arrogante da pensare di avere un futuro assicurato nell'hockey professionistico.

«Meglio fare una buona impressione.» Ashton mi dà una pacca sulla schiena.

Sa contro cosa sto combattendo: mio padre.

O la mafia o l'hockey.

Tecnicamente, Dante mi ha detto che dopo una carriera professionale nell'hockey, sarei comunque tenuto a unirmi all'azienda di famiglia, ma se facessi il grande salto, non avrebbe modo di avere anche solo un briciolo di controllo su di me.

Devo solo diventare famoso.

Il che inizia con l'impressionare Kyler Greyson, il nuovo proprietario degli Ice Dragons ed ex stella dell'hockey NHL.

«Oppure potresti avvicinarti a Bristol e procurarmi quella presentazione.» Alzo le sopracciglia verso di lui.

Liam sbuffa. Si stiracchia sul ghiaccio, sciogliendosi prima della nostra partita. «Chiaramente, non hai mai incontrato Bristol.»

«E Brooks? Sta frequentando qualcuno?» Guardami, cerco di fare il sensale per ottenere una presentazione a Kyler Greyson.

«Dovresti chiedere a Brooks.» Liam alza gli occhi al cielo e pattina lontano da me. «Ma non farei questo a un amico,» grida.

Durante il primo quarto, cerco di concentrarmi sulla partita e non sul fatto che Kyler ci stia guardando giocare. Probabilmente, è più concentrato sui Predators che sui Narwhals. L'unico modo in cui ho la possibilità di incontrarlo è se sono impressionante nella partita di stasera.

Riesco a segnare due volte all'inizio del primo periodo. I Predators non sembrano prendere sul serio la partita, ma poi subisco una carica mentre inseguo il disco e il mio casco vola via.

Fottuto stronzo.

«Pensi di essere un fenomeno,» mi provoca Tucker. Non si tira indietro, il suo pugno colpisce la mia mascella, e fa male.

Ashton è subito dietro di me, afferra la maglia del tizio che mi ha colpito e lo fa girare sul ghiaccio, sferrandogli un pugno dopo l'altro nel fianco.

L'altra squadra si lancia all'inseguimento di Ashton. Brooks e Rowan si muovono per difenderlo.

L'arbitro fischia, non che qualcuno possa sentirlo.

Vengo tirato indietro da un paio di braccia sconosciute, e la rissa si interrompe mentre veniamo separati. Almeno Tucker viene sbattuto in panchina.

Liam mi esamina con lo sguardo. «Stai bene?» Il suo sguardo si sofferma sulla mia mascella un momento più del necessario.

Domani avrò sicuramente un bel livido.

«Sto bene.»

Tucker sembra avercela con me per il resto della serata. Non ne sono sicuro, ma ho la sensazione che l'intera squadra dei Predators sia coinvolta nel suo piccolo gioco di massacrarmi.

Ogni volta che ho il disco, mi inseguono. Sì, è così che dovrebbe andare il gioco, ma dopo che lo passo ad Ashton o Chase, continuano a schiacciarmi contro il vetro.

Ogni cazzo di volta.

Tucker è il primo ad attaccarmi. Poi è uno dei suoi amici, Black o Wells. Giocano sporco.

La prima volta, almeno Tucker è finito in punizione. La seconda e la terza volta, ci finisco anch'io.

Per l'amor di Dio, non riesco a trovare pace.

Questo è solo il primo periodo.

Nel secondo tempo, mi sento fuori fase. Probabilmente perché vengo preso a calci in culo ogni due minuti.

È una rissa dopo l'altra, il che non è una grande sorpresa, eccetto che continuano a saltarmi addosso. E alcune cariche col corpo sono legittime, ma è quella merda quando mi afferrano intenzionalmente la maglia o la mazza e mi trattengono che dovrebbe risultare in una penalità per trattenuta.

Ma gli arbitri non se ne accorgono o almeno non fischiano le penalità.

È come se guardassero dall'altra parte quando c'è cattiva condotta da parte dei Predators, ma appena starnutiamo nella loro direzione noi veniamo sbattuti in punizione.

È un miracolo che la nostra squadra sia ancora in vantaggio, ma i Predators stanno recuperando terreno, e alla fine del secondo periodo siamo in parità.

Pattiniamo fuori dal ghiaccio verso lo spogliatoio durante l'intervallo, e sto sudando come un matto. La guancia mi brucia, così come la mascella, ma lo ignoro, carico di adrenalina.

L'allenatore rivede alcune giocate che abbiamo fatto in precedenza e ciò che possiamo fare per migliorare il nostro gioco. «Stanno giocando sporco. Non lasciate che vi entrino in testa.»

Troppo tardi per questo.

Non so nemmeno perché mi stanno facendo innervosire così tanto, ma sta funzionando. Probabilmente perché sono già teso e frustrato con tutto quello che sta succedendo nella mia vita quotidiana. Tra Harper e Dante, sto annegando nell'irritazione e nel fastidio.

Tucker è solo la goccia che fa traboccare il vaso, a quanto pare.

«Tornate in pista. Potete ancora assicurarvi questa

vittoria nel terzo periodo. Date tutto quello che avete.»

L'allenatore continua a blaterare, ma io lo ignoro. Sistemo i lacci dei miei pattini e torno in pista con la squadra per il nostro periodo finale.

Ashton segna un goal negli ultimi due minuti, e Tucker arriva, rubando il disco, passandolo al suo amico Wells e segnano, pareggiando la partita.

È troppo serrata, e non voglio che la loro squadra ottenga un briciolo di vittoria stasera. Dovrebbe essere nostra. Negli ultimi secondi della partita, segno, assicurandoci la vittoria, ed è una sensazione fantastica.

Voglio festeggiare con la squadra e i nostri amici.

Dopo la doccia ed esserci sistemati, ci dirigiamo all'hotel. C'è dell'alcol introdotto di nascosto da uno dei ragazzi dell'ultimo anno, dato che la maggior parte di noi non è abbastanza grande per bere.

Una mezza dozzina di ragazzi si riunisce nella stanza mia e di Ashton per festeggiare la nostra vittoria.

Liam resta con noi per un'ora finché non riceve la

sua chiamata per una sveltina e si affretta a uscire per incontrarla.

«Qualcuno ha mai incontrato l'amica speciale di Liam?» Voglio sapere se questa ragazza esiste davvero o se sta nascondendo qualche altro segreto illecito.

Ashton si stringe nelle spalle. «Non posso dire di averla incontrata. Ma non aveva delle foto di lei sul telefono?»

«Nessuno ha mai visto come fosse realmente. Non ce le ha mostrate.» Rowan si stende sul mio letto, facendo come se fosse a casa sua.

«Dovremmo sgattaiolare fuori e seguirlo.» Brooks non si muove minimamente dal suo posto sul divano. Indica la porta. «Chi viene con me?»

Le mie gambe non sembrano capaci di muoversi. Mi lascio cadere sul mio letto e spingo via Rowan. «Stai occupando metà del mio letto. Non lo condivido con nessuno.»

«Nemmeno con tua moglie?» Rowan solleva un sopracciglio.

Chiudo gli occhi, sospiro, e poi li riapro mentre allungo la mano verso la mia birra. Avrò bisogno di qualcosa di più forte se parliamo di Harper.

«Va così bene, eh?» Brooks allunga le gambe davanti a sé e poi fa scrocchiare il collo da un lato all'altro.

«Va tutto bene.» Mento e spero di poter tornare alla mia straordinaria capacità recitativa che siamo felicemente innamorati.

Ma non mi va di mettere su uno spettacolo stasera. Mi hanno già preso a calci sul ghiaccio, e anche se abbiamo vinto, non posso fare a meno di sentirmi un po' sconfitto.

«E tu?» Rowan si rivolge ad Ashton, che è seduto sul suo letto da solo.

«Non discuteremo della mia vita amorosa.» Gli occhi di Ashton si spalancano mentre beve un sorso di birra.

Con chi diavolo sta uscendo Ashton Rinaldi? Non ho visto nessuna ragazza entrare nel suo letto da quando ci siamo trasferiti nella nuova casa. Inoltre, lui non esce con nessuno. È più il tipo da avventure di una notte.

«Perché Ashton non ha una vita amorosa.» Lo indico con il dito, aspettando che dica ai ragazzi che si sbagliano, che non crede nelle relazioni e nell'amore.

Ashton rimane in silenzio e beve un altro sorso dalla sua bottiglia di birra. Inclina la testa all'indietro, bevendo tutto fino in fondo.

«Con chi diavolo stai uscendo?» Mi siedo e lo fisso. «Lo saprei se avessi portato una ragazza a casa nostra.»

«Rilassati.» Ashton appoggia la bottiglia sul comodino. «Sono solo io e la mia mano.»

Brooks sbuffa dal ridere, il suo viso diventa rosso vivo.

Rowan scuote la testa, sorridendo come un idiota. «Se sei così disperato, ci sono delle groupie che ti darebbero una mano... o una bocca.»

Ashton si alza, prende il telefono con sé e si dirige verso il bagno. «Siete degli stronzi.» Sbatte la porta del bagno dietro di sé.

SETTE

ASHTON

Non posso credere di essermi lasciato tormentare dai ragazzi. Avrei potuto usare un'infinità di risposte argute. Non è che mi manchi lo spirito.

Ma quando si tratta di Nova, devo mantenerla un segreto.

La parte peggiore è che tutti nella squadra sanno di Nova e me.

Tutti tranne il mio migliore amico, Luca.

Stanno mantenendo il mio segreto, per ora, ma è chiaro che potrebbero non farlo ancora per molto.

Rowan che solleva addirittura la questione su chi sto frequentando è una cosa davvero meschina. Era presente alla festa la notte in cui ho avuto il mio primo incontro con Nova.

Tutta la squadra era lì, anche Luca. Ma Luca era troppo occupato con Harper al piano di sopra per sapere cosa stavamo facendo noi al piano di sotto e poi più tardi nella mia camera da letto.

Accendo la ventola nel bagno, concedendomi un po' di privacy prima di sedermi sul bordo della vasca. Do un'occhiata al telefono e faccio una videochiamata a Nova.

I suoi occhi si illuminano quando risponde. «Ehi, straniero!»

La sua voce è musica per la mia anima. Ma vedere il suo sorriso riesce a cancellare tutte le paure e i dubbi che ho sulla nostra relazione.

«Ehi, abbiamo vinto.» Sorrido, il flusso di endorfine non è ancora completamente passato nel mio sistema. Anche la birra aiuta, mi dà una spinta di fiducia in più. Non che ne abbia bisogno. «Mi manchi.»

«Mi manchi sempre.» Il naso di Nova si arriccia e mi manda un bacio. «Hai segnato stasera?»

«Solo nell'hockey.» Le faccio l'occhiolino, perché è l'unica ragazza per cui ho occhi. Una volta mi piaceva portare a letto una ragazza diversa dopo ogni festa, ma c'è qualcosa in Nova che cambia i miei bisogni.

O forse è solo il fatto che la desidero e temo che qualcun altro possa portarmela via se non la lego a me con un sesso fantastico ad ogni occasione.

Mi fissa e sorride attraverso la videochiamata. «Sei unico. Dove sei? Sembra un bagno quello che si vede sullo sfondo.»

Faccio una smorfia, rendendomi conto che essere in video probabilmente non era l'ideale, ma volevo vedere il suo volto, sentire la sua voce, fissare il suo sguardo color zaffiro.

«Sì, i ragazzi mi stavano chiedendo se ho una ragazza. Non sono riuscito a scappare abbastanza velocemente.»

«Wow.» Nova ride e porta una mano alle labbra per mantenere bassa la voce. «E cosa hai risposto?»

«Niente. Non potevo menzionarti, e non avevo intenzione di mentire.»

Nova sorride maliziosamente. «Quindi sei corso in bagno a nasconderti?» Mi sta prendendo in giro, ma sto mantenendo il segreto anche per il suo bene. Luca non sarà felice quando scoprirà che sto frequentando la sua sorellina.

Beh, probabilmente sarà più arrabbiato con me.

In ogni caso, non c'è un buon esito in questa situazione per me. Non riesco a immaginarlo mentre mi mette un braccio attorno alle spalle dicendomi di divertirmi.

«Sono venuto in bagno per chiamarti.» È una mezza verità, ma Nova ha la capacità di vedere attraverso di me.

«Sei scappato a nasconderti. Ma va bene, mi piace il vantaggio di poter parlare da soli. Stai condividendo la stanza con mio fratello?»

Sospiro. «Sì.» Un altro motivo per cui il bagno era il posto più sicuro per parlare con Nova. Non è che possa avere una conversazione privata nella stanza d'albergo, specialmente quando Luca non sa che sto frequentando qualcuno.

«È solo una notte. Non essere così abbattuto.»

«Non lo sono. È solo che mi manchi.» Mi piace poter attraversare furtivamente il corridoio e coccolare Nova, salire nel suo letto e avvolgerla tra le mie braccia. Non posso farlo nelle notti in cui siamo via. «Cosa indossi?»

Nova sorride e abbassa lo sguardo sulla sua maglietta del pigiama. «Niente.»

«Tesoro, posso vedere i tuoi vestiti.»

Alza gli occhi al cielo e poi lentamente abbassa il telefono così posso vedere tutto ciò che indossa. Ha un grazioso completo pigiama coordinato con dei pinguini. È un completo con pantaloncini che si solleva sui fianchi all'angolazione giusta.

«Vuoi rifarlo? Ma più lentamente e aprendo le gambe per me.»

Gli occhi di Nova si spalancano. «Stai cercando di fare sesso telefonico con me?» La sua voce si incrina e il suo nervosismo è in realtà piuttosto dolce.

Una vergine nel sesso telefonico.

«Speravo che potessimo concederci un po' di giochi di fantasia al telefono.»

Spalanca gli occhi e riattacca il telefono.

È chiaro che ha premuto il tasto di fine chiamata, e non è stato un errore o una caduta di linea.

Le mando un messaggio.

Quindi, immagino sia un no.

Mi richiama, ma questa volta non è una videochiamata, solo una noiosa e semplice conversazione telefonica.

«Ehi,» sussurro, felice che non mi stia ignorando.

«Non sono pronta per il sesso telefonico. Voglio dire, comporta un sacco di parlare e descrivere, e sono nervosa a farlo.»

«Non devi essere nervosa con me. Non è che abbia avuto tonnellate di sesso telefonico.» Il numero di volte lo posso contare su una mano, beh, più che altro su un dito. Il sesso telefonico non è una priorità quando stai con una ragazza diversa ogni volta.

«Mi piaci, Ashton.»

Non posso fare a meno di sorridere. «Nel caso non l'avessi notato, anche tu mi piaci, Nova. Potrei fare io il dirty talking e tu potresti solo ascoltare. Toccati per me. Fammi sentire i tuoi dolci gemiti che mi eccitano tanto, baby.»

C'è un leggero sussulto nella sua voce.

Sorrido. «Sì, proprio così. Ma non devi farlo se non ti senti a tuo agio. Se dici di no, rispetterò la tua decisione.»

«Dimmi cosa mi faresti,» sussurra roca Nova, e posso sentirla muoversi sul materasso.

Vorrei che avessimo ancora la videochiamata attiva, ma mi accontenterò di quello che posso avere con lei.

Chiudo gli occhi per un momento e mi rendo conto che anch'io ho bisogno di mettermi più comodo. Il bordo della vasca non fa per me. Prendo la scatola di fazzoletti, la getto sul pavimento e mi siedo per terra, con la schiena contro il muro, il tappetino del bagno sotto di me mentre allungo le gambe.

«Prima, traccerei un sentiero di dolci baci lungo la tua clavicola. So quanto ti piace quando ti bacio il collo. La mia lingua stuzzicherebbe quel piccolo punto che fa ondeggiare i tuoi fianchi contro di me.»

Lei mormora dolcemente; è un gemito leggero, sottile, ed è abbastanza per far pulsare il mio cazzo nei jeans.

«Cos'altro?» chiede.

C'è movimento dalla sua parte e non posso fare a meno di sorridere. «Togliti i vestiti per me,» comando.

«Questo è il tuo modo di dirmi che li vorresti togliere o che vuoi davvero che me li tolga?» La sua domanda è così innocente che è adorabile.

«Voglio che ti togli quei cazzo di vestiti, tesoro,» ringhio.

C'è un leggero fruscio dalla sua parte. Presumo si stia spogliando, e aspetto qualche momento perché finisca. «Dimmi quando sei nuda e sotto le coperte.»

«Ci sono già,» dice Nova, con nonchalance. «Continua.»

Ridacchio per il suo entusiasmo e appoggio la testa contro il muro. «Voglio che le tue mani esplorino il tuo corpo. Lascia che le tue dita scivolino sul tuo petto ma stuzzica appena il capezzolo. Sono le mie labbra che lo fanno, la mia bocca sulla tua pelle.

Vado lentamente all'inizio, osservando il tuo petto che si alza e si abbassa, ascoltando i dolci gemiti che escono dalle tue labbra prima che la mia lingua circondi il tuo capezzolo.»

«Ashton.» Le sue parole escono come un miagolio, e sembra il paradiso.

«Adoro quando gemi il mio nome.» Passo una mano sui jeans, i palmi sudati. Il bagno è già soffocante.

Ogni respiro è un leggero ansimare, e mi mordo il labbro inferiore per mantenere un minimo di controllo. Cazzo, mi eccita così dannatamente tanto.

«E poi?» chiede Nova, con la sua voce dolce e innocente che mi provoca un'erezione pulsante.

Respiro profondamente e bruscamente, cercando di riprendere il controllo. Non posso venire ancora. Lei non ha avuto nemmeno un orgasmo, figuriamoci multipli.

Nova è l'unica donna che sa rendermi così forte e allo stesso tempo così incredibilmente debole. È la mia rovina.

Sbatto gli occhi attraverso la nebbia confusa. «Lascia

che le tue dita scorrano sul tuo stomaco e più in basso, ma non toccarti ancora.»

«Va bene.»

Un sorriso si allarga sul mio viso. Accidenti, vorrei davvero che fosse in video per questa chiamata. Forse, la prossima volta, posso convincerla a riaccendere la sua telecamera così posso guardarla mentre si tocca.

«Le mie labbra accarezzano la tua pelle.» Il mio respiro si fa più profondo mentre l'aria diventa più densa, più calda. «La mia bocca bacia leggermente risalendo le tue cosce, verso la tua eccitazione.»

Il respiro di Nova si blocca con un sussulto, e il mio cuore palpita ai dolci suoni che emette.

Sono così tremendamente eccitanti. «Vuoi che ti assapori stasera?»

«Sì.» Nova geme, e lo prendo come un incoraggiamento a continuare.

«Sei così maledettamente sexy. Allargo le tue gambe, metto una gamba su ciascuna spalla mentre passo la lingua lungo la tua fessura.»

«Cazzo.»

Il sorriso si allarga sul mio viso. «Ti stai toccando, tesoro?»

«Forse?» La sua voce si blocca in gola.

«Siediti sulle tue mani.»

«Cosa?» C'è preoccupazione nel suo tono.

«Non ti ho detto di toccarti la fichetta, ancora. Siediti sulle tue mani; punisciti per me.»

Nova piagnucola, e il mio cazzo freme per avere sollievo. Sto pulsando, e posso solo immaginare che Nova si senta allo stesso modo.

«Stai facendo la brava e stai facendo come ti ho detto?» Aspetto che mi risponda.

«Sì.»

Abbasso la zip dei jeans e sbottono la parte superiore, tirando fuori il mio cazzo. «Sono così duro per te. Mi sto toccando, ma tu devi aspettare. Devi ascoltarmi mentre accarezzo il mio cazzo.»

C'è un po' di liquido sulla punta, e lo uso come lubrificante. «Se avessi il video acceso, ti mostrerei quanto sono duro per te. Il mio cazzo gocciola per essere dentro di te.»

Un altro gemito da parte sua e sto vacillando verso un abisso di puro oblio, ma non sono ancora pronto ad andarci, non sono pronto a fare quel salto nell'estasi dolce.

«Puoi spostare le mani da sotto il sedere, ma traccia solo lungo la tua fichetta. Non toccarti completamente ancora.»

I suoi leggeri sospiri diventano più pronunciati. «Sei bagnata per me?»

«Sì.»

«Bene. Sono contento di farti bagnare. Vorrei poter assaggiare la tua dolcezza. La mia lingua sarebbe dappertutto su quella sexy fichetta, e ti leccherei con movimenti lunghi e lenti, facendoti impazzire.»

«Sono già lì,» sussurra Nova. «Mi stai fa male così....»

Il sorriso si allarga sul mio viso. Cosa non darei per sentire quelle pulsazioni attorno al mio cazzo.

«È un bel tipo di dolore, vero, tesoro?»

«Sì.» È più ansimante, più rilassata, e cavolo, suona più sexy se è possibile. «Voglio il tuo cazzo dentro di me.»

«Non vuoi la mia lingua sul tuo clitoride? Perché voglio sentirti muovere quei fianchi stupendi contro il mio viso.»

«Ashton.» Il suo gemito è delizioso, e non mi sento abbastanza meritevole di sentirla, ma desidero di più.

«Muovi i fianchi contro il materasso. Toccati per me.» Bramo il suo corpo, il suo cuore, la sua mente. La voglio tutta.

Ci sono lievi movimenti in sottofondo, e posso solo immaginare che stia facendo come le ho detto. «Voglio il tuo cazzo dentro di me.»

«Cazzo, piccola. Lo voglio anch'io,» sussurro rauco. Le sue parole fanno pulsare il mio membro. Mi accarezzo, immaginando che sia la sua mano, le sue labbra, la sua testa che si muove su e giù, prendendomi più a fondo.

I suoi gemiti diventano più pronunciati, più sexy, mentre si avvicina al limite. «Vieni per me,» sussurro, trovando più difficile parlare, formulare pensieri coerenti mentre il mio cazzo desidera la sua fichetta.

Lei piagnucola e geme. «Sono così vicina, per favore, Ashton.» La sua voce mi implora di scoparla, e giuro che se potessi raggiungerla senza rischi stasera, lo farei.

«Stai andando così bene, piccola.» La mia voce è appena sopra un sussurro. «Adoro guardarti e sentirti venire.»

Nova geme, i suoi sospiri diventano più udibili mentre l'ascolto inseguire il suo orgasmo. È tutto quello che avrei potuto immaginare e anche meglio.

Dopo, sta ansimando forte, respirando pesantemente mentre sembra calmarsi. «Sei venuto?» chiede Nova.

«Non ancora.» La mia voce è roca. Accarezzo il mio cazzo, la testa reclinata all'indietro, i miei movimenti più veloci con il pugno. Ora che so che ha raggiunto il suo climax, mi permetto di affrettare il mio.

«Vieni per me, Ashton.» Le parole di Nova echeggiano nel mio orecchio. «Voglio assaggiarti in bocca.»

Le sue parole maliziose mi mandano oltre il limite. Il mio cuore batte selvaggiamente, e tremo, sentendo l'onda travolgermi. Prendo un fazzoletto, versando il mio seme in esso. Mi mordo il labbro inferiore per evitare di gemere ad alta voce. Voglio che Nova mi senta, ma devo stare attento. Non sono l'unico in questa stanza d'albergo.

Giuro che il mio cuore sta per saltare fuori dal petto mentre i miei occhi lottano per aprirsi. Sono sazio, ma ne è valsa la pena.

Cazzo, è stato fantastico. «Grazie per aver giocato con me stasera.»

Nova avvia nuovamente la videochiamata, e io clicco per accettare.

È sdraiata a letto rannicchiata su un fianco, le luci spente, ma posso intravedere un debole bagliore dal suo telefono. «Avevi ragione, il sesso telefonico è divertente.»

Vorrei potermi rannicchiare contro di lei, ma guardarla dovrà essere sufficiente. «Il sesso in video sarà ancora meglio la prossima volta.»

Nova sorride e distoglie lo sguardo. «Nessuna promessa, ma se vuoi stare in video mentre la mia telecamera è spenta, non dirò di no.»

OTTO

LIAM

Appena ricevo il messaggio da Iris, mi precipito attraverso il campus a velocità fulminea. Anche se siamo solo amici con benefici, non vedo l'ora di passare del tempo insieme a lei.

E non guasta che mi abbia mandato delle foto nuda.

Mi ha anche inviato foto di lei con i cani del rifugio che coccola. Fa parte del suo programma di studio-lavoro che sta svolgendo a Great Falls.

Giuro che se non vivesse nei dormitori, probabilmente li avrebbe adottati tutti.

Mi dirigo verso la sua stanza e busso con decisione, aspettando che mi faccia entrare.

«Un attimo!» grida una voce femminile sovrastando la musica ad alto volume. Mi sorprende che qualcuno sia riuscito a sentirmi bussare.

Bristol Greyson spalanca la porta, mi fissa, i suoi occhi lampeggiano di rabbia e la richiude, sbattendola.

Ma che diavolo?

Iris conosce Bristol? Sono diventate compagne di stanza?

Odio Bristol Greyson. È una viziata ricca figlia di papà che giocava nell'NHL e poi ha comprato la squadra.

È un miliardario.

Diamine, ho letto che era già miliardario prima ancora di giocare a hockey, il che ha senso. Nessun giocatore di hockey nuota in quel tipo di denaro. Ha fatto qualcosa in borsa o con obbligazioni quando era giovane. Ha fatto centro. Ha guadagnato un sacco di soldi.

È un ricco con una figlia altezzosa.

Era una peste in prima elementare, quando ci hanno costretti nella stessa classe, e una provocatrice alle medie.

Abbiamo frequentato la stessa scuola privata. Alle superiori, facevamo parte di circoli sociali diversi.

Non voglio ammettere che in realtà si sia trasformata da brutto anatroccolo a una vera bellezza. Non importa quanto sia attraente, gronda veleno.

La ragazza ha artigli affilati e denti che mordono.

Busso di nuovo alla porta con forza, e Bristol la spalanca, mi fulmina con lo sguardo, mi afferra per il braccio e mi trascina nella sua stanza prima di sbattere la porta.

«Ma che cazzo succede?» La fisso e mi guardo intorno.

Lei abbassa il volume della musica sulle casse.

Dove cazzo è Iris?

Questa non è la stanza di Iris. C'è stato un cambio nel suo dormitorio? Sono al piano sbagliato?

«È la 416?» Mi guardo intorno perché riconoscerei la stanza di Iris con i suoi poster di cuccioli sparsi su tutte le pareti.

Non ci sono poster di cuccioli.

Questa stanza ha un'atmosfera più cupa. Mentre le pareti sono dipinte di un grigio standard, hanno poster più piccoli con un'atmosfera gotica. C'è qualcosa di stregonesco qui.

«Regina del Voodoo.» Lancio un'occhiataccia a Bristol.

Lei alza gli occhi al cielo. «Sei sempre stato melodrammatico. Che diavolo vuoi?»

«Sto cercando Iris. Stanza 416.»

«Sei al piano sbagliato, imbecille.» Bristol mi blocca impedendomi di uscire, con un sorriso malizioso sul viso.

Il mio telefono vibra, lo tiro fuori dalla tasca e vedo un messaggio di Iris.

Ti aspetto. A che ora arrivi?

«Mi sono sbagliato. Non volevo disturbarti.» Indico la porta dietro di lei, e lei ride sguaiatamente.

È una di quelle inconfondibili risate da strega. Oh cavolo, la ragazza mi lancerà un incantesimo. O forse è una maledizione o un sortilegio. C'è davvero qualche differenza?

«Fidanzata?» indovina Bristol. Sembra divertita, squadrandomi da capo a piedi. «Ti ho visto giocare stasera. Non eri... male.» Sa proprio come farmi innervosire.

«Ho fatto il culo a tutti sul ghiaccio.» La fisso, avvicinandomi. Non può intimidirmi come faceva quando avevamo sei anni.

Non pretendo di essere un santo. Certo, la prendevo in giro, ma era una ragazzina ricca. Non era nulla che non si meritasse.

Io e mia sorella gemella eravamo iscritti solo grazie al nostro padre biologico, che non conoscevamo nemmeno fino ai quattro anni. Essere catapultati in una nuova casa, una nuova scuola, una nuova famiglia, è stato selvaggio e turbolento.

Ho avuto qualche anno di ribellione all'inizio, quando ho conosciuto la vipera che in questo momento mi sta davanti, ma lei ha continuato a tormentarmi a ogni occasione possibile.

E, naturalmente, ho reagito.

È quello che facciamo noi Moretti.

«Pensi di aver giocato bene stasera?» Bristol incrocia le braccia al petto, la sua maglia dei Predators si solleva leggermente mentre discute con me.

La pelle cremosa del suo ventre e le sue lentiggini mi chiamano.

Col cazzo.

Distolgo lo sguardo.

Lei sbuffa e alza le mani al cielo. «Vedi, non riesci nemmeno a guardarmi. Sai che ho ragione. Hai giocato di merda.»

«Ho segnato un gol.»

«Un misero gol.» Bristol incontra il mio sguardo. «Il tuo compagno di squadra è un giocatore di hockey migliore di te.»

Invado il suo spazio personale, il mio braccio si alza contro la porta, bloccandola, tenendola alla mia portata.

«Ripetilo,» ringhio.

Bristol mi guarda, il suo sguardo non vacilla minimamente. «Sei un giocatore di hockey di merda. Il tuo compagno Ricci, lui sa come segnare davvero. Dovresti prendere lezioni da lui. Forse ti insegnerà come tenere la mazza...»

Mi chino e le mordo le labbra. Il mio cuore batte selvaggiamente fuori controllo.

Il suo corpo si ferma per un breve momento prima di cedere, avvolgendo le dita nei miei capelli. Il bacio si approfondisce, le sue labbra si aprono, e spingo la lingua nella sua bocca, esplorandola in un'ondata di passione implacabile.

Con una mano sulla sua vita e l'altra contro la porta, la tiro più vicina, più stretta contro di me.

Le mani di Bristol si spostano dai miei capelli alla mia vita. Riesce a farci girare, la sua lingua che scivola sulla mia, e cazzo, le sue dita affondano nei miei fianchi, graffiandomi.

È una bestia. Se l'avessi saputo, l'avrei baciata anni fa.

Rapidamente ed abilmente, apre la porta, spingendomi fuori nel corridoio. «Devi andare.»

Le sue labbra sono gonfie, il suo respiro affannoso.

Non so nemmeno come mi sono ritrovato nel corridoio, ansimante, il cuore che martella contro la gabbia toracica mentre lei mi sbatte la porta in faccia.

Il mio telefono vibra di nuovo. Lo ignoro. «Bristol.» Non busso, ma so che può sentirmi. Deve sentirmi perché deve star pensando a *quel bacio*.

Non risponde.

Sbuffo e cammino lungo il corridoio, come se stessi facendo la passeggiata della vergogna. Mi dirigo verso l'ascensore e guardo il mio telefono: un altro messaggio da Iris.

Vieni ancora?

Dopo quello che è appena successo tra me e Bristol, non posso.

Devo chiudere le cose tra noi.

Mi sembra sbagliato. E non perché non ho mai baciato due ragazze in una notte, anche se di solito sono nel mio letto.

È Bristol.

E mi ha lanciato qualche pazzo incantesimo, perché tutto ciò che ho mai provato è pallido rispetto alla sensazione delle sue labbra che sfrigolano sulle mie.

È una strega del cazzo, e ne voglio ancora.

NOVE

HARPER

Ho paura per l'intero tragitto verso la casa della famiglia Ricci. Domani era in programma di scattare le foto per il nostro matrimonio, e invece di arrivare sabato, la nostra presenza è stata richiesta venerdì sera.

Mentre sapevo che Luca sarebbe dovuto arrivare venerdì e rimanere fino a domenica mattina, non mi aspettavo che anche Zeke ed io dovessimo restare per tutto il weekend.

Non posso dire di essere felice della notizia.

Zeke sta dormendo sul sedile posteriore.

«Ho sentito che avete vinto la partita ieri.» Lancio un'occhiata a Luca, che ha l'attenzione fermamente fissata sulla strada. Ha un livido sul mento che non aveva ieri mattina. «Che cosa è successo?» Indico con un gesto la ferita.

«Rischio del mestiere.» Mi guarda di sfuggita. «Hockey, non mafia.»

Se sta cercando di fare una battuta, non c'è né un sorriso né una risata sul suo viso. «Non ho mai pensato che tuo padre fosse responsabile del livido. Partita difficile?»

«Continuavo a sbattere la faccia contro il plexiglass. Non era la mia serata.»

«Ma avete vinto. Questo deve pur contare qualcosa.»

Sospira. «Sì, ho anche segnato tre gol.»

«Tre?» I miei occhi si spalancano. «È fantastico!»

Stringe le labbra, chiaramente ha qualcos'altro per la testa.

Mi trattengo dal chiedere, perché so già che non me lo dirà. Sembra che ultimamente non condividiamo molto, a parte un cognome.

Luca dà un'occhiata al sedile posteriore, e poi le sue spalle si rilassano. «Zeke sembra stare meglio.»

Sorridendo, annuisco. «Sì, dovrei probabilmente ringraziare tua madre per aver chiamato il pediatra, facendolo uscire con così poco preavviso.»

Si agita e mi guarda. «Pensi che un giorno vorrai altri figli?»

La sua domanda mi coglie di sorpresa. «Sì, forse. Cioè, mi piacerebbe dare a Zeke un fratello o una sorella. Uno vicino d'età sarebbe fantastico, ma non penso che nessuno di noi due sia pronto per quel tipo di impegno.»

Il suo sguardo si indurisce.

«Ho detto qualcosa di sbagliato?»

Luca scuote la testa ma non risponde.

«È evidente che l'ho fatto. Non sembri contento della mia risposta.» Mi sposto sul sedile, girandomi leggermente per affrontarlo. Odio che scelga proprio ora per litigare con me mentre guida. O forse sono io che cerco lo scontro con lui. Luca continua ad evitarmi, o così sembra.

Il silenzio riempie il vuoto tra noi.

«Dannazione, Luca! Preferirei che tu litigassi con me piuttosto che darmi il trattamento del silenzio.»

«Non ti sto dando il trattamento del silenzio.» Mi lancia un'occhiata. «Sto guidando, e litigare non ci aiuterà quando dovremo affrontare i miei genitori stasera o le foto domani.»

«Cosa ci aiuterebbe?» chiedo, aspettando che mi dica come possiamo risolvere questo pasticcio.

«Non lo so.» C'è onestà nelle sue parole, una convinzione che è tanto smarrito quanto lo sono io.

Luca alza il volume della radio, decidendo che abbiamo discuto abbastanza o troppo poco e riempie il silenzio nella macchina.

Mentre ci avviciniamo alla casa dei suoi genitori, Zeke inizia a svegliarsi. Alcuni fiocchi di neve incominciano a cadere ma il bollettino meteorologico non prevede molto e la neve caduta la notte scorsa è già stata ripulita. Le strade erano sgombre, ma la neve non si era ancora sciolta.

Slaccio la cintura di Zeke dal sedile posteriore, e Luca porta dentro le nostre borse per il weekend. Ci sono due borse, una per Luca e una che condivido con Zeke. Anche se giuro che la maggior parte della borsa è di Zeke, con cambi extra di vestiti, pannolini e salviette.

Zeke balbetta mentre lo porto fuori dal freddo e nell'ingresso. Luca si toglie il cappotto e le scarpe con un unico movimento fluido e lascia le borse sul pavimento vicino alla porta. Mi aiuta a togliere l'abbigliamento invernale e le scarpe di Zeke prima di prenderlo in modo che io possa togliermi il cappotto e le scarpe.

«Mi sembrava di avervi sentito,» dice Nikki, venendo verso di noi. Tende le mani verso Zeke e Luca consegna mio figlio a sua nonna.

«Ci divertiremo tanto, solo noi due.» Nikki deposita baci leggeri come piume sulle sue guance e sul naso.

Zeke si dimena ma le pizzica le guance, chiaramente godendosi l'attenzione.

Nikki si avvia con lui lungo il corridoio, e io mi affretto a seguire mio figlio. «Dove lo stai portando?» Non è che non mi fidi di lei. In realtà, è al cento per cento perché è la moglie di un don della mafia. Non mi fido di nessuno di loro, eccetto Luca.

Voglio fidarmi di Nikki, specialmente perché sembra essere entusiasta di mio figlio. Non riesco a capire se è per il fatto che le piacciono i bambini o perché questo è il suo nuovo nipote.

«Vuoi vedere la tua nuova stanza dei giochi?» Nikki coccola Zeke e lo porta lungo il corridoio. Sulla sinistra c'è una porta aperta, e lei entra.

Sono proprio alle sue calcagna.

Luca è a pochi passi dietro di me. Non sembra così preoccupato, ma Zeke è *mio* figlio.

Entro dietro Nikki, e la stanza è piena di giocattoli. Non sono tutti nuovi. Contro le pareti c'è una libreria bianca, rifornita di tutto, dalle bambole alle macchinine. «Ho fatto portare giù da Moreno i giocattoli dei bambini dalla soffitta.»

«Hai tenuto le nostre vecchie cose?» Luca vaga nella stanza dei giochi, osservando tutto, il suo sguardo si muove per tutta la stanza.

«Non abbiamo tenuto tutto, ma c'erano alcuni giocattoli che non sono mai stati donati e sono stati messi via. I preferiti tuoi e di Nova.» Nikki porta Zeke al tavolino a misura di bambino e lo mette giù.

La sua testa si gira in ogni direzione mentre ruota su se stesso, prendendo visione di tutto. Corre verso la cucina giocattolo e inizia a tirare fuori tutto il cibo di plastica.

«Quello era anche uno dei tuoi giocattoli preferiti,» riflette Nikki.

«Grazie.» Sono scioccata che la famiglia di Luca abbia organizzato una stanza dedicata a Zeke. È mio figlio, e anche se da dopo il matrimonio è loro nipote, non lo è di sangue.

Luca si dirige verso l'angolo più lontano dove c'è una tenda per bambini, il nascondiglio perfetto, è praticamente una fortezza per un bambino piccolo. Si china, guardando all'interno. «Ricordavo che fosse molto più grande. Nova ed io eravamo soliti nasconderci qui per ore.»

Nikki sorride leggermente, immersa nei ricordi. «Sì, lo ricordo.»

«Sapevi che era l'unico posto in cui mi sentivo al sicuro?» Luca si volta e affronta sua madre, il sorriso privo di calore. «Dopo quello che ha fatto Dante, era l'unico posto in cui sapevo che nessuno poteva vedermi.»

Perché non c'erano telecamere all'interno del forte, nessuna sorveglianza. Alzo lo sguardo verso l'angolo della stanza e c'è una telecamera con una luce rossa lampeggiante che ci registra, che ci guarda sempre.

Nikki dà un colpetto sul braccio di Luca. «Non rievochiamo il passato.» Forza un sorriso e si china al livello di Zeke. «Sono contenta che ti piacciano i giocattoli. Spero che ti piacerà anche la tua nuova cameretta.»

«Cameretta?» L'aria mi esce dai polmoni.

Nikki si alza, guardando da Zeke a me. «Non pensavi che avremmo fatto dormire tuo figlio nel tuo letto o nella camera degli ospiti, vero?»

In realtà, era esattamente quello che mi aspettavo. Non che intenda restare qui molto spesso. Per una o due notti, Zeke potrebbe condividere il letto con me. È più o meno quello che è successo dal matrimonio in poi. Luca e io non abbiamo dormito nella stessa stanza, e siccome divido la camera con Zeke, lui finisce comunque per arrampicarsi nel mio letto.

Luca studia il mio viso prima di lanciare un'occhiata a Nikki. «Mamma, davvero, non è necessario.»

«È già fatto.» Nikki mi fa cenno di seguirla.

Mi chino per prendere in braccio Zeke, ma lui protesta.

«Va bene, puoi lasciarlo qui. La stanza è stata messa a prova di bambino.» Nikki indica le pareti. «Le prese sono state coperte, e i giocattoli sono tutti adatti alla sua età. Qualsiasi cosa troppo avanzata è su uno scaffale più alto a cui non dovrebbe riuscire ad arrivare.»

Ha davvero pensato a tutto.

Sono riluttante a lasciare Zeke da solo in questo posto.

Luca percepisce la mia esitazione e mi appoggia una mano sulla schiena. «Resterò io con Zeke. La mamma può mostrarti la sua stanza e poi tu potrai mostrarla a me quando porterò le nostre cose di sopra.»

«Va bene.» Esalo un pesante sospiro e accetto di seguire Nikki al piano di sopra. Mi guardo alle spalle mentre Zeke porge a Luca un giocattolo a forma di banana. Luca si china, lo prende e finge di mangiarlo avidamente, strappando una risata al mio piccolo.

Nikki mi conduce al piano superiore. Accanto alla stanza di Luca, apre la porta e mi mostra la cameretta che è stata accuratamente preparata per Zeke. C'è un lettino da bambino, come quello che ha a casa, contro la parete vicino alla finestra. Sul lato opposto ci sono un comò e una scrivania.

C'è una pila di giocattoli nell'angolo della stanza e un gruppo di peluche sul letto.

Nikki si avvicina alla dozzina di libri disposti in un cestino. «Tutto qui dentro è nuovo. I libri, i peluche... volevamo che Zeke si sentisse a casa quando viene a trovarci.»

«È molto gentile da parte vostra.» Ma tutto ciò a cui riesco a pensare è quel bambino che era stato rinchiuso nel loro seminterrato, rapito e portato via dalla sua famiglia.

Luca mi aveva detto che non c'era traccia del bambino. Era stato nel seminterrato quando aveva interrogato Kensley. Il bambino era sparito.

Ma dove era stato portato?

Non c'era assolutamente nulla che potessi fare per il bambino scomparso, quello rapito da Dante, ma potevo proteggere mio figlio.

«Dovrei tornare di sotto a controllare i ragazzi.» Forzo un sorriso.

Nikki mi afferra il braccio. «So che questo non è ciò che ti aspettavi quando un giorno ti saresti sposata, ma stiamo tutti cercando di accettare te e tuo figlio. Per favore, non far del male a *mio* figlio.»

È troppo tardi per questo.

Luca mi odia già.

La cena è piuttosto tranquilla. Moreno e Paige si uniscono a noi, ma Nova è al campus, e non ho mai sentito tanto la mancanza della sua compagnia.

Ovviamente, Ashton è lì con lei, il che rende il posto quasi tutto per loro. Non è che a Liam importi che Ashton e Nova abbiano una storia.

Luca porta le nostre borse di sopra mentre io gli indico la nuova cameretta di Zeke accanto alla nostra.

«Almeno è vicina.» Mette la borsa sul comò di Zeke prima di dirigersi nella nostra stanza.

Rovisto tra le cose nel borsone per il weekend, prendendo un pannolino nuovo per Zeke insieme al suo pigiama.

Quando finalmente riesco a mettere Zeke a letto, leggergli una storia e farlo addormentare, sono esausta. Sono riluttante a lasciarlo da solo, ma non c'è un letto per me.

Mi siedo sul pavimento, mi distendo, appoggiandomi con la schiena contro il muro.

Non è comodo, e sono stanca, ma Zeke è tutto per me, e non mi fido di Dante o degli uomini che lavorano per lui.

Avrei dovuto prendere un cuscino e una coperta, almeno avrei potuto dormire sul pavimento.

La casa è inquietantemente silenziosa.

Non ci sono rumori strani, nessun bambino che piagnucola come la prima volta che ho passato la notte qui mesi fa.

Il mio corpo si rilassa e inizio a scivolare in un sonno sgradevole. Il collo mi pulsa anche nel dormiveglia, e i miei sogni sono di essere inseguita nel bosco, portando in braccio Zeke, correndo per le nostre vite.

Mi sveglio di soprassalto, sento forti braccia sotto di me che mi portano via mentre ansimo in cerca d'aria.

I miei occhi si spalancano, e Luca mi sta guardando.

«Torna a dormire.» La sua voce è roca, appena sopra un sussurro mentre mi tiene sollevata tra le sue braccia, portandomi verso la porta.

«E Zeke?» La mia voce si incrina mentre guardo indietro verso mio figlio, profondamente addormentato nel suo letto.

Luca mi porta fuori nel corridoio e poi nella sua camera da letto.

«Sta dormendo. Zeke starà bene.» Luca mi adagia delicatamente sul materasso, e io mi infilo sotto le coperte.

«Torno subito.» Luca esce dalla camera da letto, e c'è un leggero clic della porta in fondo al corridoio.

I miei vestiti sono nella camera di Zeke sul comò. Niente cambio per la notte. Sotto le coperte, mi sfilo i jeans e li getto sul pavimento.

Luca rientra nella camera buia e chiude silenziosamente la porta.

Sono sorpresa che sia venuto a prendermi, che si sia preoccupato abbastanza da controllare dove fossi durante la notte.

Mi sdraio sul fianco, rannicchiata, rivolta verso Luca mentre si arrampica nel letto accanto a me.

«Sono preoccupata per Zeke,» sussurro.

«Perché?» chiede. Si sposta sul fianco, rivolto verso di me. «Sta dormendo.»

«Hai dimenticato quel bambino, quello che tuo padre teneva nel seminterrato?»

Luca fa una smorfia e aggrotta le sopracciglia, con un fremito del sopracciglio. «Zeke starà bene. Hai la mia parola.»

«E se si svegliasse e venisse a cercarmi?» Non mi piace l'idea che mio figlio possa vagare da solo per la casa.

Ma non è questa la mia unica paura.

Qualunque degli uomini di Dante, o il boss mafioso

stesso, potrebbe entrare nella stanza di Zeke e fargli del male.

Il terrore mi riempie i polmoni come veleno, rendendo impossibile respirare.

Lotto per riprendere fiato, ansimando come se stessi annegando e avessi disperatamente bisogno d'aria.

La mano di Luca mi sfiora il braccio e poi si posa fermamente sulla pelle nuda. Il suo tocco è semplice ma efficace, mi aiuta a respirare, ma le sue parole mi feriscono più profondamente.

«Ti stai facendo prendere dal panico per niente. Il nostro matrimonio terrà al sicuro te e lui.»

Mi avvicino, desiderando tenerlo, abbracciarlo, sentire qualcosa di diverso dal vuoto e dalla paura che stanno riempiendo lo spazio tra noi.

«Stai dalla tua parte.» La sua fronte si corruga e lui si gira sulla schiena, determinato a mantenere le distanze tra noi. C'è frustrazione nelle sue parole, nel suo viso, mentre si allontana da me, e mi sento rabbrividire.

Ogni senso di conforto viene rapidamente cancellato.

«Vai a dormire, Harper. Domani sarà una giornata lunga. Non vogliamo deludere Dante.»

Ho già deluso i suoi genitori. Dubito che mi ameranno mai, ma suppongo che se mi accettassero e non facessero del male a Zeke, a me o ai miei cari, potrei conviverci. Non voglio essere qui, ma non è che io abbia molta scelta. Quando i Ricci danno un ordine, si obbedisce.

Sabato mattina, vengo portata di sopra con Nikki.

Zeke è aggrappato al mio fianco, anche se si dimena e vuole essere messo giù.

Ignoro le sue piccole proteste e lo solletico, cercando di cambiargli l'umore.

Non aiuta. Mi fa pensare a come forse un piccolo Luca si sarebbe comportato una volta, non ottenendo ciò che voleva e lamentandosi per tutto il tempo.

«Vuoi che lo tenga io?» Nikki tende le mani, offrendosi di prendere Zeke da me.

Gli occhi di Zeke si spalancano, e lui si lancia volontariamente verso di lei mentre io sto lottando per tenerlo.

Che lo voglia o no, Zeke ha già deciso. Nikki lo terrà.

«Grazie.» Glielo passo, e lui gioca lo stesso gioco di dimenarsi e contorcersi con lei.

Alla fine, lei lo mette a terra.

La porta della suite è chiusa, quindi Zeke non andrà da nessuna parte senza che una di noi se ne accorga.

Prendo l'abito da sposa, mi tolgo i vestiti e mi infilo nel vestito.

È strano indossare l'abito ora che Luca e io siamo già sposati.

Suppongo che non faccia mai nulla di convenzionale. Ho avuto Zeke molto prima di sposarmi.

«Lascia che ti aiuti con la cerniera.» Nikki si avvicina, e io raccolgo i miei lunghi capelli, sollevandoli e attorcigliandoli in uno chignon, tenendoli su con le mani.

Lei fa scorrere la cerniera lungo l'abito, sorridendo mentre mi giro lentamente per guardarla. Lascio cadere i capelli, permettendo alle onde di scendere lungo la schiena.

«Ti sta benissimo. Le foto oggi verranno così belle! Non vedo l'ora di condividerle con tutti.»

Sapevo che le fotografie del matrimonio riguardavano meno le immagini in sé e più il provare il nostro matrimonio. Solo che non sono sicura a chi lo stiamo dimostrando: alla famiglia mafiosa o a qualcun altro?

«Farò venire Paige ad aiutarti con i capelli.» Nikki si dirige verso la porta. «È bravissima con le acconciature. A meno che non preferisci tenerli sciolti per le foto?» La sua mano resta sulla maniglia della porta, e Zeke è proprio dietro di lei, pronto a scappare dalla stanza nel momento in cui aprirà la porta.

Nikki solleva Zeke tra le braccia, portandolo con sé nel corridoio.

In silenzio, la seguo, osservando mentre vaga attraverso il labirinto di stanze al terzo piano e bussa a una porta chiusa.

Un momento dopo, Paige sporge la testa, strofinandosi gli occhi.

«Ti ho svegliata?»

«Non importa.» Paige agita la mano con noncuranza. Si stringe meglio la vestaglia attorno al corpo. «Di cosa hai bisogno?»

Trentacinque minuti dopo, i miei capelli e il trucco sono completati, e sto vivendo il mio momento alla Cenerentola quando Luca viene alla porta della stanza dove mi sono preparata, portando un paio di tacchi delicati.

«Stai bene.» Non riesco a distogliere lo sguardo da Luca, se non per spogliarlo mentalmente.

In piedi lì, tiene i tacchi argentati dalle cinghie. «Ti ho portato le scarpe.» Non degna di una risposta il mio complimento né fa alcun accenno a come mi sta l'abito da sposa.

Tuttavia, il suo pomo d'Adamo si muove quando deglutisce, e la sua mascella si serra come se stesse digrignando i denti per sport.

«Non dovevi.» Prendo i tacchi dalle sue mani e mi siedo sul bordo del materasso.

«Dovevo. Dante ha insistito che te li portassi.» Non c'è sorriso sul suo viso. Nessun segno di felicità nel suo comportamento, e non posso fare a meno di odiare il fatto che io sia la causa della sua infelicità.

«Grazie.» Indosso le scarpe e poi mi alzo con attenzione, assicurandomi di non cadere faccia a terra.

«Il fotografo è già di sotto.» Luca rimane vicino alla porta aperta. Non mette piede dentro la stanza, ma non se ne va nemmeno. Sembra ipnotizzato, mi fissa, ma non sembra felice.

«Sono pronta.» Mi dirigo verso di lui, e Nikki è proprio dietro di me, tenendo lo strascico del mio abito da sposa.

Luca si fa da parte, afferra Zeke mentre il mio piccolo terremoto corre fuori dalla stanza, e lo porta giù per le scale con noi.

Sto attenta sulle scale, tenendomi al corrimano mentre scendo la scalinata principale, anche se la mia attenzione è su Zeke e Luca diversi gradini davanti a me.

Quando finalmente siamo con il fotografo, Nikki e

Paige aiutano con Zeke mentre noi due veniamo spostati da una posa all'altra.

La maggior parte non sono troppo terribili. Riusciamo entrambi a forzare un sorriso. La più imbarazzante è quando ci viene chiesto di guardarci negli occhi.

Luca mi guarda con occhi iniettati di odio. Non c'è alcuno sguardo amorevole, nessun abbraccio caloroso.

Tutto con Luca è gelido e raggelante fino alle ossa.

Il fotografo brontola dopo aver rivisto le immagini sulla sua fotocamera digitale. «Queste non stanno funzionando per me. Dovremo scattarne altre.»

«Sul serio?» La frustrazione di Luca è esattamente ciò che sto iniziando a provare.

«Sua moglie è perfetta. Assolutamente impeccabile. Quel sorriso puro e quegli occhi magnifici. È come il paradiso su una tela. Lei, d'altra parte...» Il fotografo sospira e regola le impostazioni della sua macchina fotografica, evitando di finire la sua stessa frase.

Luca ringhia mentre si avvicina al gentiluomo, i suoi occhi si stringono e i pugni si serrano al suo fianco.

«È tua abitudine provarci con ogni donna che fotografi o solo con mia moglie?»

La mia bocca diventa secca. Guardo dal fotografo a Luca, e sono faccia a faccia, pronti a combattere. Il fotografo è mingherlino e non è all'altezza di mio marito.

Tuttavia, le parole di Luca mi scioccano.

Il fatto che si comporti in modo così protettivo è sorprendente. Non posso fare a meno di fissare Luca, senza fiato.

Dev'essere una recita.

Perché quando il fotografo ha detto cose davvero carine, mi sarei aspettata che lo zittisse e commentasse come lui non mi conosca come invece mi conosce Luca.

Mi faccio avanti, appoggiando una mano sul braccio di Luca, disperata di spezzare la tensione prima che si rompa qualcos'altro. «Tesoro, perché non facciamo una pausa di cinque minuti?»

Luca fulmina il fotografo con lo sguardo. «Ti paghiamo a ore?»

«Sì, tuo padre.» Guarda il suo orologio, controllando l'ora ma senza affrettarsi minimamente.

«Allora certamente non faremo una pausa e non daremo a questo stronzo un altro centesimo.» Luca è furioso, e io gli afferro la mano, tirandolo più vicino, cercando di calmarlo.

Anche se probabilmente sono la persona peggiore per tranquillizzarlo dato che ho la straordinaria capacità di farlo arrabbiare, combattere, odiarmi.

Quando tocco la sua mano, il mio stesso corpo si rilassa, la sua energia è calda e confortante, e mi avvicino, riducendo la distanza tra noi.

Istintivamente, lui si piega verso di me quando appoggio la mia fronte contro la sua.

Sento lo scatto di un'altra foto ma ignoro il fotografo. Alzo le mani, sfiorando le guance di Luca, cercando di ammorbidire i suoi lineamenti, la rabbia che si è accumulata nella tensione del collo e delle spalle.

Il mio collo è ancora indolenzito per aver dormito contro il muro nella stanza di Zeke la notte scorsa, ma ignoro il dolore.

Quello che non posso ignorare è l'espressione tesa sul viso di Luca.

Abbozzo un sorriso ironico e faccio scivolare le mani fino ai suoi fianchi. «Baciami,» sussurro, sperando che forse posso far sciogliere la tensione per entrambi.

«Cosa?» Luca mi guarda come se avessi perso la testa.

«Tua moglie ti ha chiesto di baciarla.» Il fotografo non ha la minima idea che siamo infelicemente sposati. Scatta un'altra foto, ma posso solo immaginare che Luca sembri costipato o esasperato da me.

In ogni caso, le fotografie non saranno utilizzabili.

Un sospiro sfugge dalle labbra di Luca, e poi sento il suo respiro mescolarsi con il mio, sospeso ma in attesa.

Passo le dita tra i suoi capelli, e lui chiude gli occhi. C'è una profonda tristezza, ed è meglio non sentirla mentre mi fissa.

Mi sporgo, baciandolo, ho bisogno di assaggiarlo, sperando che lui stia al gioco invece di respingermi.

Il bacio è dapprima esitante, delicato, curioso.

Il suo corpo si scioglie contro il mio, l'esterno gelido che si sgretola mentre mi stringe più forte, più vicino, baciandomi profondamente.

Sento i clic della macchina fotografica.

Luca interrompe il bacio e fulmina il fotografo con lo sguardo. «Non ti stiamo offrendo uno spettacolo gratuito,» ringhia.

Un lieve sorriso si allarga sulle mie labbra. Anche se Luca sta fingendo di essere innamorato di me, lo accetto. Le sue parole fanno fremere il mio stomaco e formicolare il mio corpo.

Il pollice di Luca sfiora il mio labbro inferiore, il suo sguardo sulla mia bocca.

Il mio cuore accelera, e i miei sensi sono sopraffatti. Vuole baciarmi di nuovo?

Come sarebbe facile perdermi in lui.

Mi è mancato baciarlo, toccarlo, finire a letto con lui.

Il fotografo scorre le sue foto, fermandosi e zoomando. «Credo che alcune di queste andranno bene. A meno che non vogliate qualche altro scatto? Possiamo concludere se siete entrambi soddisfatti.»

Luca si scioglie dal mio abbraccio e si avvicina a grandi passi. «Fammi vedere le foto.»

Il fotografo scorre le foto sullo schermo digitale, e la mascella di Luca è tesa. Le ultime immagini devono essere migliori delle prime che abbiamo fatto.

Persino Luca sembra rilassarsi mentre le esamina e vede che non sono tutte male.

«Abbiamo finito.» Luca si volta e esce dalla stanza. Sembra che mi stia lasciando indietro finché non si gira alla porta e guarda oltre la sua spalla. «Vieni?» È brusco e ancora un po' suscettibile.

Geloso?

È questo che sta trapelando dopo il complimento che il fotografo mi ha fatto?

«Certo.» Sorrido e seguo Luca.

Appena fuori dalla stanza, Paige e Nikki stanno intrattenendo Zeke, facendo rotolare una palla avanti e indietro con lui, cosa che sembra tenere il suo interesse.

Questo finché non posa gli occhi su di me. «Mamma!» Zeke lascia indietro la palla e si affretta verso di me, inciampando mentre si getta su di me, incespicando sull'orlo dell'abito e sul velo, che si è arrotolato sotto i miei piedi senza l'aiuto di nessuno.

Mi piego, sollevando Zeke tra le mie braccia. «Hai fatto il bravo per la mamma?» chiedo, sperando che Nikki e Paige siano oneste con me.

«È sempre una delizia.» Nikki si alza e accarezza la schiena di Zeke mentre lo tengo. «Mi fa ricordare quando Luca era piccolo.»

Zeke affonda le mani nel mio petto e poi il viso, chiudendo gli occhi.

Paige si alza da terra con uno sbadiglio e si stiracchia. «Penso che qualcuno sia pronto per un pisolino....Zeke.» Si affretta a precisare quando il suo sbadiglio mi ricorda che anche io sono esausta.

«Hai dormito bene?» Nikki guarda da Zeke a me.

«Lui ha dormito benissimo.» Non ho bisogno di mentirle o spiegare che avevo troppa paura di addormentarmi di nuovo qui.

Luca mi mette un braccio intorno alle spalle. «Anche io ho dormito benissimo.» Il sorriso sul suo viso sembra quasi genuino, ma non posso fare a meno di sentirmi tradita.

Sta mentendo a sua madre e a Paige.

«Mi hai proprio fatto crollare.» Mi tira a sé per un bacio davanti a loro, e non posso fare a meno di lasciarmi andare, sapendo che non è reale, ma non me ne importa niente.

Il mio cervello sta urlando, sapendo che lui mi odia, ma la sua lingua scivola oltre le mie labbra e il mio corpo si riscalda al suo tocco.

Nikki si schiarisce la gola. «Forse dovremmo lasciarvi un po' di privacy.» Prende Zeke con sé mentre lei e Paige si avviano lungo il corridoio.

Una volta fuori dalla loro portata, alzo un sopracciglio interrogativo verso di lui. «Io ti ho fatto crollare?» Lo fisso male. «Non posso credere che tu abbia suggerito a tua madre che abbiamo fatto *quello* sotto il suo tetto!»

L'imbarazzo mi travolge, facendo avvampare le mie guance.

«Non sarebbe la prima volta.» Luca mi fissa, e le sue dita mi accarezzano la guancia.

Questa cosa tra noi, il calore che sfrigola, non è reale.

Semplicemente non riesco a capire perché stia fingendo.

«Cosa stai facendo, Luca?» So che i suoi sentimenti sono diminuiti, o forse non gli piaccio più affatto.

Siamo solo noi due. Non c'è pubblico. Non c'è uno spettacolo da mettere in scena. Inoltre, Nikki e Paige non possono onestamente credere che sia il paradiso tra noi.

Inclino la testa, guardando Luca. Voglio smascherarlo, litigare con lui, urlare e dirgli che può ingannare sua madre, ma non può ingannare me.

Ed è allora che lo vedo. Lui solleva il mio mento verso il suo sguardo. «Baciarti, semplicemente...» Il suo respiro è roco, e si sporge di nuovo. «Non riesco a fermarmi dopo averti assaggiata. Ho una voglia irrefrenabile del tuo tocco, del tuo sapore, del dolce profumo della tua pelle.»

Le sue parole inviano brividi attraverso il mio corpo. Le sue dita sganciano il fermaglio dai miei capelli, facendo scendere i ricci attorno alle mie spalle in onde.

Afferra una ciocca dei miei capelli, inclinandomi la testa all'insù, tenendomi, mantenendomi sotto il suo comando. «Dimmi di fermarmi, che non vuoi questo.»

Ma io lo voglio; lo voglio, più di quanto abbia mai voluto qualsiasi cosa. «Mai.»

Lui geme, combattendo il desiderio ma fallendo mentre le sue labbra conquistano le mie, e io mi rilasso sotto il suo tocco, la mia bocca si apre mentre lui approfondisce il bacio.

Mi è mancato, mi è mancato questo, i dolci momenti rubati, il semplice tocco della sua mano sulla mia guancia che scivola verso la nuca mentre approfondisce il bacio.

Mi guida contro il muro, le sue labbra si muovono sulla mia clavicola, succhiando e mordendo la pelle. Fa avvampare il mio corpo.

«Papà!» esclama Zeke da dietro l'angolo mentre entra correndo a trovarci.

Luca si blocca, il suo corpo diventa rigido e interrompe il bacio. È come se l'atmosfera fosse appena svanita per una semplice parola. O forse è mio figlio che irrompe a rendere Luca a disagio.

«Scusa!» Paige insegue Zeke. «Non volevo interrompervi. Nikki è scomparsa in bagno e Zeke non stava fermo neanche per due minuti.»

Sembra proprio mio figlio. Esalando, forzo un sorriso. «Va bene.» Prendo Zeke, sollevandolo e capovolgendolo tra le mie braccia, dandogli baci a farfalla sul naso e sulle guance.

Lui strilla e lancia le braccia verso Luca. «Papà!» canta di nuovo, e questa volta Luca lo prende con un sorriso imbarazzato.

«Sei sicuro di sapere cosa significa?» Luca strofina il naso contro quello di Zeke, e giuro che mi innamoro sempre di più di loro due ogni giorno.

Passi pesanti risuonano sul pavimento, e guardo in quella direzione. Non sembra Nikki.

«Abbiamo finito qui?» Moreno non offre un sorriso, nessun cenno di calore. «Tuo padre vuole che porti Harper e Zeke al campus quando il fotografo avrà finito.»

«Dovrò cambiarmi.» Indico l'abito che indosso.

«Certo.» Moreno annuisce. Non c'è sorriso. Nessuna parola gentile. Nemmeno una chiacchierata educata sul fotografo e le foto che eravamo obbligati a scattare. «Ti aspetterò nell'atrio tra dieci minuti.»

Non mi dà molto tempo.

«Guarderò io Zeke mentre ti cambi.» Luca continua a coccolare Zeke, ma nel momento in cui inizio a uscire nel corridoio verso le scale, Zeke comincia ad agitarsi.

Non ci sono ancora lacrime, ma sono inevitabili.

«Mamma!» Zeke strilla e urla.

Mi spezza il cuore. Alcune mattine quando lo lascio all'asilo, sento gli stessi suoni, e mi distrugge dentro.

I lunedì sono sempre i peggiori, dopo che Zeke e io passiamo tutto il weekend insieme. «Va bene. Posso prenderlo io.» Tendo le braccia, e Zeke si arrampica su di me come una scimmietta ma si rifiuta di lasciarmi andare. «Puoi mostrarmi di nuovo qual è la stanza?»

Le guance di Zeke sono rosse, i suoi occhi lucidi, ed esala un sospiro pesante una volta nel mio abbraccio. Appoggia la testa sulla mia spalla e chiude gli occhi. Avrebbe bisogno di un pisolino. Siamo in due.

«Certo.» Luca cammina accanto a me finché raggiungiamo le scale. «Fammi prendere Zeke.»

«Sei sicuro che non ti dispiaccia?» Gestire i tacchi e lo strascico dell'abito da sposa è già abbastanza difficile, ma farlo per due rampe di scale portando Zeke non è saggio.

Anche Luca deve rendersi conto del dilemma. «Non voglio che succeda niente a Zeke o a te. Andrà tutto bene,» mi assicura. «Tu, con quei tacchi eleganti e l'abito, devi stare attenta.»

«Va bene.» Cedo di nuovo Zeke, e questa volta non si agita dato che il piccolo tiene gli occhi fissi su di me per tutto il tempo.

Luca mi conduce al terzo piano e alla suite dove mi ero vestita con l'abito da sposa all'inizio della mattinata.

Apre la porta della suite, ed io entro. «Puoi entrare e aiutarmi con la cerniera?»

Senza dire una parola, Luca entra nella stanza dietro di me con Zeke e chiude la porta. «Girati.» Mi fa cenno con il dito.

Sento il lieve tonfo di piccoli piedi mentre mette Zeke a terra.

Le mani di Luca accarezzano i miei capelli, spostandoli tutti da un lato sulla spalla prima di abbassare gradualmente la cerniera del mio abito da sposa.

Lascio cadere l'abito a terra e ne esco fuori, respirando un sospiro di sollievo. Sollevo il tessuto e lo rimetto sulla gruccia.

«Mamma!» Zeke strilla e mi corre incontro, abbracciandomi le gambe.

Luca copre gli occhi di Zeke. «Non guardare, amico.»

Rido, scuotendo la testa mentre prendo i miei vestiti di prima mattina. «Perché no?»

«Non dovrebbe vedere sua madre nuda.»

Abbasso lo sguardo sulla mia biancheria intima. «Questa è nudità?» Inclino la testa di lato. «Tu e io abbiamo una definizione diversa.»

Infilo il maglione sopra la testa e prendo i jeans. «E non mi vedi coprirti gli occhi.»

Luca sorride. «Dai, abbiamo superato tutto questo.»

Il mio sguardo si intensifica. «Davvero?» chiedo, avvicinandomi, entrando nel suo spazio personale. «L'ultima volta che ho controllato, non dormivamo insieme. Il che significa che non hai alcun diritto di vedermi nuda.»

Il suo sorriso svanisce, ma non trasalisce né distoglie lo sguardo. Mi sta fissando dritto negli occhi, e mi fa correre un brivido lungo la schiena. «Siamo sposati.»

«Solo per contratto.» È il motivo per cui indossavo l'abito da sposa pochi minuti fa, stiamo entrambi rispettando un accordo legalmente vincolante.

Luca si avvicina, il suo respiro mi stuzzica, facendomi desiderare di baciarlo. Il suo sguardo si sposta sulle mie labbra, ma non colma la distanza. Resta sospeso e aspetta, prolungando l'insopportabile tensione, tormentandomi. «È comunque un matrimonio molto reale.»

Sbuffo. «Hai ragione, lo è. Sposati e senza fare sesso. Dormire in stanze separate. Sembra proprio un matrimonio tipico.» Faccio un passo indietro, il mio cuore quasi mi esplode nel petto.

Lui borbotta e mi afferra per il fianco, tirandomi più vicino. «Sai che non intendevo questo.»

«Davvero?» Inclino la testa, guardandolo.

«Non voglio *quel* tipo di matrimonio con te.»

«Cosa vuoi, Luca?» chiedo, trattenendo il respiro in gola.

DIECI

DANTE

Sbatto la porta, mi passo una mano tra i capelli e fisso mia moglie con lo sguardo. Mi piacerebbe fissarla con qualcos'altro contro la porta, ma sta fumando di rabbia, e quella furia concentrata su di me è dannatamente eccitante.

Un po' di spazio non è una cattiva idea in questo momento, altrimenti la prenderò con foga, e lei potrebbe staccarmi la testa a morsi, un'esperienza che nessun uomo vorrebbe mai provare.

«Non posso crederci!» Nikki mi fissa accigliata, venendomi faccia a faccia, anche se tecnicamente è molto più bassa di me. Mi guarda dal basso, con occhi selvaggi, e giuro che emana vapore dal suo corpo.

Il calore fa accelerare il mio battito, così come il desiderio nei suoi occhi.

La sua rabbia tradisce sempre il suo corpo, facendola ardere di desiderio per me.

Conosco ogni centimetro di Nikki. Ho assaporato ogni parte della sua pelle, centimetro per centimetro.

È mia.

Anche la sua rabbia è mia.

Non siamo così diversi.

Nikki è cresciuta con un padre che dirigeva un'organizzazione mafiosa rivale. Ora è morto. Non posso dire che mi dispiaccia. Era un mostro che ha venduto la propria figlia a me.

«Smettila di guardarmi così.» Nikki mi colpisce il petto con la mano e mi spinge indietro. «Sembri pronto a saltarmi addosso. Dovresti essere arrabbiato anche tu!»

Faccio un respiro per calmarmi. Non che serva molto. «Arrabbiato per cosa?» Inclino leggermente la testa, guardandola con occhi increduli.

Certo che sono furioso, ribollente dentro.

Luca e Harper sono chiaramente in conflitto. Farli sposare così in fretta potrebbe non essere stata l'idea migliore.

Nikki voleva un matrimonio rapido.

Io volevo solo che Luca lavorasse per me.

Un matrimonio era un piccolo bonus aggiuntivo, perché Harper è chiaramente fertile, e mi piacerebbe vedere mio figlio con un erede prima di morire.

«Lui la detesta!» Nikki si allontana da me, camminando avanti e indietro per la lunghezza del mio ufficio. «Pensavo che il matrimonio a febbraio avrebbe superato il dolore e li avrebbe fatti rendere conto che provano ancora qualcosa l'uno per l'altra.»

«È passata solo una settimana, gattina.»

Lo sguardo di Nikki si irrigidisce quando uso il nomignolo che le ho dato anni fa. La maggior parte delle volte le piace, ma questo non è uno di quei momenti.

Sembra che io abbia fatto arrabbiare la mia piccola gattina.

«Hanno condiviso la camera da letto ieri notte?» chiede Nikki.

«L'ha portata a letto nel cuore della notte. Le telecamere hanno ripreso l'interazione fuori dalla camera.»

Uno dei miei uomini me l'ha riferito questa mattina.

«È... qualcosa,» sussurra e smette di camminare. «Forse c'è ancora speranza per loro.»

«C'è sempre speranza. Non arrenderti. Hanno solo bisogno di più tempo per riaccendere il romanticismo. Potrei mandarli in luna di miele.»

Nikki alza una mano. «Teniamolo come regalo per il loro primo anniversario, quando si fideranno di noi con Zeke.»

«Sempre che durino un anno,» brontolo. Anche se la nostra famiglia non approva il divorzio, potrebbero facilmente vivere due vite separate. Non voglio però che mio figlio consideri questa opzione.

«Ci sto provando. Ho fatto rifare la stanza per Zeke e

ho allestito una sala giochi al piano principale.» Nikki mi lancia un'occhiataccia. «Tu cosa hai fatto?»

«Ho pagato quel maledetto matrimonio.» Sono ancora amareggiato che Harper sia fuggita, umiliando il mio ragazzo.

La vendetta ribolle nel mio sangue.

Tradire la mafia ha un costo, un prezzo elevato che sarà costretta a pagare.

Quando arriverà il momento, la farò pagare.

O meglio ancora, mio figlio si farà carico del conto.

Nikki si appollaia sul bordo della mia scrivania e scivola all'indietro, sedendosi sul legno, con le gambe che pendono dal lato.

Il calore cresce dentro di me, vedendola sulla *mia scrivania.*

Mi avvicino lentamente, bloccando la sua fuga, le mie gambe tra le sue, allargandole le gambe ancora di più.

Un sorriso malizioso le compare sul volto, come se lo avesse pianificato dall'inizio.

La mia *gattina*.

Mi afferra la cravatta e mi tira più in basso, le sue labbra mi stuzzicano ma non mi baciano, non ancora.

La farò implorare di baciarmi.

La bocca di Nikki si socchiude, e mi guarda con uno sguardo infuocato, una mano sulla mia cravatta, l'altra sulla mia guancia mentre accarezza la mia barba corta. «Voglio che mi scopi come facevi una volta, quando mi odiavi.»

Non posso fare a meno di sorridere. «Non ti ho mai odiata, nemmeno per un istante.»

«Neppure quando ero incinta e cercavo di scappare?» chiede. Appoggiandosi all'indietro sulla scrivania, i suoi movimenti mi trascinano più vicino a lei.

Le mie mani si piantano fermamente sul legno, bloccandola.

«Quelli erano i momenti in cui ti amavo mille volte di più, perché sapevo che non saresti arrivata a dieci metri da me. Non ti avrei mai lasciata scappare. E se fossi fuggita, ti avrei cacciata, riportando a casa te e il nostro bambino.»

Mi bacia, la sua lingua selvaggia e il suo corpo libero. Le sue braccia mi afferrano come la gattina che è, le sue gambe si avvolgono attorno ai miei fianchi mentre la sua bocca è fusa alla mia.

Cazzo, il suo fervore è bollente.

Spinge i fianchi verso l'alto contro il mio inguine, e io inspiro bruscamente, interrompendo il bacio.

Voglio baciarla, assaporarla, divorare ogni centimetro di lei. La mia bocca scende sul suo collo, lasciando baci infuocati mentre ansimo per l'aria.

Dopo tutti questi anni insieme, sa ancora come farmi ardere.

Le mie dita lavorano sui bottoni della sua camicia, spingendo il tessuto giù dalle spalle e lasciandolo cadere sul pavimento.

Una scia di baci lungo la sua clavicola la fa gemere mentre mi sposto più in basso. Le slaccio il reggiseno, baciandole le spalle mentre le spalline scivolano giù e il tessuto cade a terra.

Sospira molto dolcemente, e le mie labbra tornano sul suo petto, una mano che copre e stuzzica il suo seno, l'altra che gioca delicatamente con la cintura dei pantaloni mentre le mie dita si muovono abilmente verso il bottone.

«Lo fai sempre,» mormora. Le sue dita si intrecciano nei miei capelli, e io mi fermo con le labbra appena sopra un capezzolo.

«Vuoi che mi fermi?»

Geme e scuote la testa. «Ho bisogno di una conferma, gattina.» Mi piace sempre sentirla parlare durante il sesso. Ogni parola e suono sensuale mi eccita dentro.

«Se ti fermi, ti ammazzo io stessa.» C'è un leggero ringhio nella sua voce, e giuro che il mio cuore accelera.

«Non sapevo ci fosse qualcun altro nella stanza per uccidermi.» Ridacchio, e lei ringhia.

«Gattina, se continui così renderò il tutto *davvero molto veloce.*»

Il mio cazzo pulsa.

Mi ha indubbiamente fatto girare la testa. Non che lo ammetterei mai. Mi farebbe sembrare debole.

«Veloce non è male, purché tu sia dentro di me.» Mi spinge leggermente indietro e porta le mani ai suoi pantaloni. Slaccia il bottone e poi muove i fianchi, liberandosi dei pantaloni e delle mutandine con un solo movimento rapido.

Mi slaccio la cintura e mi sfilo i pantaloni, lasciandoli cadere a terra.

«Hai chiuso a chiave la porta dell'ufficio?» chiede Nikki, guardando oltre me.

Non me lo ricordo cazzo.

«Sì.»

Non ho la minima intenzione di interrompere quello che sto facendo per controllare. E i miei uomini sanno bene di non entrare senza preavviso. Soprattutto quando sto scopando mia moglie.

Le sue urla saranno un indicatore sufficiente per farli stare alla larga e tenersi fuori.

Le mie dita stuzzicano la sua apertura. È già bagnata, le gambe ben divaricate per me, ed è una visione celestiale.

Faccio scivolare dentro due dita, il suo umido mi ricopre mentre lei fa ondeggiare i fianchi e lascia cadere indietro la testa. La schiena inarcata, si stringe attorno alle mie dita.

«Stai cercando di venire senza di me?» La fisso, e un sorriso malizioso le attraversa il viso mentre piego le dita nel modo che adora.

«Mi fai sentire così dannatamente bene quando lo fai.» Il respiro le si blocca in gola, e il suo respiro accelera.

Mi chino, leccando i suoi umori mentre ritiro le dita e lei geme in protesta.

«Voglio il tuo cazzo dentro di me.»

Le sue parole sono come miele per un orso, e sono pronto a balzare e prendere ciò che è legittimamente mio. «Dillo.»

«Scopami. Ho bisogno che tu mi scopi,» sussurra con gli occhi socchiusi.

«Supplicami.»

«Cazzo, Dante.» Nikki è sul precipizio e sono io a farla vacillare sull'orlo.

«Questo non è supplicare, gattina.»

La sua voce esce disperata, e le sue unghie graffiano il mio petto, cercando di raggiungere il mio cazzo. «Ti prego, scopami.»

Un ghigno mi raggiunge le labbra mentre accarezzo il mio cazzo, stuzzicando la sua apertura, lasciando che i suoi umori bagnino la mia punta. La colpisco un paio di volte con la punta contro la sua figa e i suoi fianchi sussultano.

«Mi farai morire se mi fai aspettare ancora.» È impaziente, e devo ammettere che mi piace il suo bisogno quando si tratta di desiderarmi.

«Non vorrei mai farti del male,» sibilo e lentamente faccio scivolare il mio cazzo nel suo calore.

Lei allarga ancora di più le gambe, la schiena che si inarca mentre riempio il suo corpo e avvolge le gambe intorno a me, prendendo ogni centimetro, tirandomi più stretto e più profondo.

«Finalmente, cazzo,» mormora e mi dà una pacca sul sedere.

Rido e faccio scivolare un braccio sotto di lei alla schiena, e l'altro rimane intrecciato nei suoi capelli, afferrando una manciata mentre mantengo tutto il controllo.

Tiro delicatamente, giusto abbastanza per farle sapere che sono io al comando, e lei geme e ansima.

I suoi suoni mi fanno impazzire.

Ogni sussulto mi eccita ancora di più.

Le sue guance avvampano, e il suo corpo mi afferra. Le unghie mi graffiano il sedere, risalgono sulla schiena, tirandomi contro di lei mentre cerco di prendere il comando.

Cazzo.

I suoi fianchi si muovono contro i miei, e la sensazione è assolutamente gloriosa mentre il suo interno si stringe attorno al mio cazzo, contraendosi e pulsando.

«Non osare venire ancora,» ringhio.

Nikki geme, e le pulsazioni cessano momentaneamente mentre si solleva e mi morde il collo, lasciando un segno sulla mia pelle.

«Cazzo.»

In tutti gli anni che stiamo insieme, non mi ha mai morso deliberatamente.

La sensazione mi fa spingere più forte, più veloce, desiderare ancora di più di lei, se è possibile.

Sono dentro di lei, e voglio ancora di più.

Ho il suo cuore, il suo corpo, eppure il desiderio è travolgente.

Le mie mani trovano le sue, inchiodandola contro la scrivania, la mia bocca copre la sua, spingendo la lingua dentro, oltre le sue labbra.

I suoi fianchi mantengono un ritmo costante, spingendo verso di me, e i miei mantengono il passo, scopandola selvaggiamente, senza freni.

Un gemito attraversa il suo corpo, correndo alla velocità della luce mentre la sua figa spasima attorno al mio cazzo.

È la sensazione più incredibile, e questa volta non la fermo.

«Vieni per me, gattina,» sibilo nel suo orecchio prima di coprire di nuovo la sua bocca con la mia.

La sua lingua cerca la mia, le sue dita stringono la mia mano mentre la tengo premuta fermamente contro la scrivania di legno, e il suo corpo si avvolge attorno a me.

La sensazione del suo interno che pulsa e i suoi gemiti mi mandano in tilt.

Sono lì con lei, gettato nell'abisso, cadendo nell'oblio, gemendo e cantando il suo nome mentre il calore mi invade e finalmente mi lascio andare.

Ansimando in cerca d'aria, il cuore che mi batte contro il petto, lentamente allento la presa sulle sue mani e mi sposto da lei.

Nikki inizia lentamente a mettersi seduta, ma la guido di nuovo giù. «No, gattina. Resta così.» Prendo la sua camicia e gliela offro come cuscino per la testa.

Le allargo le gambe, sorridendo alla vista del mio seme che gocciola dalla sua figa.

Lei ride e mi guarda storto. «Non avremo un altro bambino,» sbuffa giocosamente e si siede, spingendomi da parte.

Ho contemplato l'idea di manomettere le sue pillole anticoncezionali, di buttarle nel water per assicurarmi di metterle un bambino in grembo, ma ha ragione.

Ora non è il momento. Mi sto godendo il fatto di avere Nikki tutta per me.

Egoista?

Probabilmente, ma adoro non doverla condividere con nessun altro.

«A proposito del nostro primo bambino...»

«Luca non è più un bambino. Non è nemmeno un ragazzino,» dice Nikki, correggendomi.

Alzo gli occhi al cielo. «Ovviamente, gattina, altrimenti non lavorerebbe per me. A proposito, so come farlo investire di più nel lavoro.»

Lei espira pesantemente dal naso, gli occhi che si fanno più attenti. «Qualunque cosa tu stia pianificando, spero tu sappia quello che fai.»

«So sempre quello che faccio,» dico con aria compiaciuta.

Mi dà un colpetto sul braccio e scende dalla scrivania, rivestendosi. «Solo, non lasciare che si faccia male.»

Afferro i miei pantaloni e rimetto in ordine i miei vestiti, in modo abbastanza decente.

«Sì, è proprio il mio piano, far del male a mio figlio,» la prendo in giro, e lei mi afferra il braccio, la sua piccola mano che mi strizza il muscolo da morire. Fingo che non faccia male, ma cazzo, ha una presa forte su di me.

«Ti distruggerò se gli farai torcere anche solo a un capello.»

Nikki è sempre stata dura, probabilmente perché Gino l'ha cresciuta da solo.

«Rilassati, gattina. Luca non è più un bambino. L'hai detto tu stessa. Può gestire il lavoro.»

Lei sospira profondamente e allenta la presa sul mio braccio. «Non rovinare le cose con lui.»

«Non mi sognerei mai di farlo.» Le mie parole sono completamente vere. Non c'è motivo di mentire a mia moglie.

Non ho intenzione di far del male a Luca; voglio che si faccia coinvolgere nel mio business. Voglio che supplichi di prendere il controllo della mafia quando sarò troppo vecchio o quando sarò morto per eseguire gli ordini io stesso.

Ho solo bisogno che lo desideri, e in questo momento, so che è il pensiero più lontano dalla sua mente.

UNDICI

NOVA

Allungandomi sul divano, spingo le gambe sopra Ashton, e le sue dita iniziano immediatamente a massaggiarmi le cosce.

Giuro che stiamo cercando di guardare un film, ma non ho dedicato nemmeno due secondi alla trama. Trama, quale trama?

Ashton riesce sempre a rubare ogni secondo della mia attenzione.

«Mi passi il cuscino?» Indico all'estremità opposta del divano il cuscino decorativo appoggiato sul lato.

Ashton lo afferra e mi prende in giro. «Questo cuscino?»

«Sì.» Tendo la mano, aspettando che me lo dia, ma invece, mi colpisce con esso.

«Guerra di cuscini!» Ashton sorride orgoglioso del suo assalto.

C'è un cuscino dietro la mia schiena, ma non è abbastanza per rendermi comoda. Lo prendo e mi metto in ginocchio, cercando di guadagnare un vantaggio mentre lo colpisco con il cuscino.

Ashton si sposta, e io gli salto addosso, lanciandomi su di lui con il cuscino.

Riesce a farmelo cadere dalle mani, e questo finisce dietro di noi sul pavimento.

«Che stronzo!»

Nel frattempo, lui afferra il cuscino con cui mi aveva colpito prima e mi dà un'altra botta. Non fa male se non al mio orgoglio, che è gravemente ferito.

Mi metto a cavalcioni su di lui, cercando di afferrare il cuscino che tiene sollevato sopra la testa, tentando di tenerlo fuori dalla mia portata.

Si sporge in avanti, costringendomi all'indietro, e con le gambe ai lati, non è abbastanza per tenermi in equilibrio. Sono costretta ad avvolgere le braccia attorno al suo petto mentre mi piega all'indietro, il cuscino teso nelle sue braccia.

«Dammi una mano!» urla, e io lancio un'occhiata nella direzione dei passi mentre Liam esce dalla sua camera da letto.

Liam sogghigna e scuote la testa. «Col cavolo che mi metto in mezzo.» Fa un gesto verso noi due. «Quando hai intenzione di dire a Luca della vostra storia?»

È questo quello che siamo?

«Mai,» brontola Ashton. «Luca mi farebbe la pelle, e preferisco non essere assassinato nel sonno.»

Mi fermo e finalmente lascio la presa, la motivazione e il divertimento svaniscono mentre torno a sedermi dalla mia parte del divano e fingo di guardare il film.

La fronte di Ashton è corrugata, e mi lancia il cuscino, lasciandomelo avere, come se avessi vinto un gran premio.

Solo che sento come se tutto fosse andato a rotoli nel giro di pochi secondi.

Una storia?

Ashton non ha mai intenzione di dire a Luca di noi?

La mia testa gira, e i miei pensieri si agitano fuori controllo.

Non ce la faccio più. Mi alzo e gli lancio il cuscino. «È tutto ciò che siamo: una storia?»

Ashton sbuffa e lancia un'occhiataccia a Liam.

«Perché guardi lui?» Sto aspettando che Ashton mi risponda.

«Certo che no! Mi piaci. Stiamo solo... mantenendo le cose riservate. Una relazione significherebbe che tutti saprebbero di noi.»

«Sì, e sarebbe così terribile!» Sono furiosa, e mi precipito verso la mia stanza. «Non preoccuparti di dirlo a Luca perché tra noi è finita!» urlo sopra la spalla prima di aprire la porta della mia camera e di entrare pestando i piedi. La sbatto con forza dietro di me.

Il silenzio riempie il vuoto, e le lacrime minacciano di offuscarmi la vista.

Mi rifiuto di piangere per un ragazzo stupido che non ammetterebbe nemmeno di frequentarmi.

Afferro il telefono e le cuffie Bluetooth, e sparo metal furioso per attutire il dolore.

Non piangerò per Ashton Rinaldi.

Mi butto sul letto, chiudo gli occhi e cancello il mondo esterno.

I secondi passano, e il mio cuore batte al ritmo della musica. Non sento nulla, ma sono le mani di Ashton che mi riportano alla realtà mentre mi tocca il braccio.

Spalanco gli occhi, e sono pronta ad ucciderlo. «Vattene!»

Lui indica le cuffie e io le tolgo, fulminandolo con lo sguardo.

«Non farò mai più sesso con te. Fuori!» Mi siedo, i miei piedi sfiorano il pavimento mentre mi appoggio sul bordo del letto.

La sua mascella si contrae. «Sai che siamo più di una semplice storia, Nova. Mi piaci davvero.» Ashton si agita. Posso percepire il suo disagio nel confessare i suoi sentimenti dopo che gli ho urlato contro e ho chiuso la nostra relazione.

Bene.

È stato uno stronzo.

«Sì, ti piaccio così tanto che non vuoi dire a nessuno di noi. Sembra che io sia solo una ragazza con cui ti piace scopare.»

«Non è vero... cioè, mi piace davvero scopare con te.» Ashton accenna un sorriso.

Se non fossi arrabbiata, quelle fossette e quel sorriso mi starebbero eccitando in questo momento. Ok, forse mi stanno eccitando un po', ma sono ancora arrabbiata con lui. Sto solo avendo dei fremiti nella mia vagina, e voglio che smettano.

«Sono più di un pezzo di carne, Ashton. Non sono una delle tue puck bunnies che ti scopi e tratti come spazzatura.»

I suoi occhi tremolano, e c'è sicuramente dolore dietro quegli occhi scuri. «Non ho mai insinuato che tu lo fossi. Hai sempre significato più di qualsiasi altra ragazza per me, Nova.»

Il modo in cui pronuncia il mio nome mi fa venire i brividi in tutto il corpo.

No, non cederò al suo fascino. «Se questa è una grande scusa, Ashton, sei pessimo.»

Lui sospira, abbassa la testa e chiude gli occhi. «Mi dispiace davvero. Mi piaci, Nova, molto.» Apre gli occhi e mi guarda con pura onestà e vulnerabilità.

Mi si blocca il respiro in gola, ma non dico niente.

«Non avrei dovuto permettere a Liam di dire quella cosa su di te, su di noi. Sei più di una semplice storia. Ho sempre voluto che fosse più di così con te... con noi. Sei la mia ragazza, e sì, sono terrorizzato che tuo fratello lo scopra perché ha chiarito che ucciderà chiunque ti tocchi.»

«Non hai mai avuto problemi a litigare con Luca in passato.» Ho visto il labbro sanguinante e la guancia livida.

Possono anche essere nella stessa squadra di hockey ed essere migliori amici, ma ho visto le prove dei pugni scambiati tra loro.

Due figli, nati da diverse famiglie mafiose, ed entrambi tendono a lasciar guidare i loro cuori dalla rabbia. Non ne sono inconsapevole. Mio padre stesso è un mafioso.

Ma non posso fare a meno di sperare che Ashton sarà diverso. Che, alla fine, taglierà i legami con la mafia, non necessariamente con suo padre, ma che si allontanerà dalle sue orme, diventando un uomo indipendente.

«Non voglio litigare con lui per questo, per noi» dice Ashton. «Voglio che ci sia ancora un noi. Non voglio che tu ti allontani da me a causa di qualcosa di stupido che ho detto o fatto. Ho bisogno di te.»

Lo fisso con occhi severi. «Hai bisogno di me per farti aiutare con Psicologia 101.»

Non lo nega. «Ho bisogno di te per molto più che i compiti e lo studio, Nova. Ti voglio nella mia vita, come mia ragazza. Mi piace passare il tempo con te, baciarti e, sì, fare l'amore con te. Ma amo semplicemente starti vicino.»

Nessuno di noi ha pronunciato la parola con la A.

Ma il solo fatto che l'abbia tirata fuori, usando "amo" per dire che gli piace starmi vicino, fa battere forte il mio cuore.

«Sono ancora arrabbiata con te.»

Ashton annuisce lentamente. «Puoi essere arrabbiata con me, ma ti prego, mi darai un'altra possibilità?»

Stringo le labbra, riflettendo su cosa dovrei fare. «Lo dirai a Luca?» So che è la cosa che più di tutte ha evitato. Nemmeno io sono entusiasta che Luca lo scopra, ma sembra che tutti gli altri lo sappiano già. Prima o poi si verrà a sapere.

«Puoi concedermi ancora un po' di tempo?» chiede Ashton. «Glielo dirò, te lo prometto. Ma se lo scopre adesso, durante la stagione di hockey, perderà la testa, e non voglio che comprometta il suo gioco.»

«Non vuoi che la tua squadra perda.» Non si tratta di Luca, ma dei Narwhals.

Ashton annuisce. «Sì.» Si siede lentamente sul bordo del materasso, di fronte a me.

«L'intera squadra lo sa. Quanto pensi che manterranno il nostro piccolo segreto? Anche Harper lo sa. Non è giusto costringere tutti a tacere. Prima o poi verrà fuori.»

«Prima o poi.» Ashton mi fissa, allungando la mano, scostando i capelli dai miei occhi, il pollice che mi sfiora la guancia. «Perché hai tutta questa fretta di dirglielo?»

«Ti vergogni di stare con me? È questo?» Non riesco a capire perché non voglia dirglielo, e preoccuparsi che Luca si arrabbi o litighi con lui sembra solo una scusa.

«Certo che no. Se fosse così, avrei chiuso la relazione molto tempo fa.»

«Va bene.» Non sono sicura di come interpretare quel commento. Mi allontano dal suo tocco, spingendo via la sua mano. «Non sono contenta di te in questo momento.»

«L'ho capito.» Si riposa le mani in grembo. «Non voglio che ci lasciamo a causa di Luca. È... stupido.»

«I miei sentimenti sono stupidi?» Gli lancio un'occhiataccia.

«Non è questo che sto dicendo,» dice Ashton e sospira. Appoggia le mani sulle cosce, asciugandosi il sudore che sembra formarsi.

Lo sto rendendo nervoso?

«Allora spiegamelo chiaramente, perché ho la sensazione che tu stia evitando di parlare di me a

Luca, e non capisco perché ti preoccupi così tanto. È per via di mio padre?»

Il suo sguardo si fa teso e poi si rilassa mentre si sforza di sorridere. C'è qualcosa lì, ma non insisto per avere altre risposte.

«Luca ha un destro micidiale, okay?» Ashton ride e abbassa la testa. «Non voglio stare fuori per il resto della stagione di hockey perché mi ha fatto il culo.»

«Non reagiresti?»

«Non vorrei, ma potrei non avere scelta, e so quanto il gioco sia importante per lui. È più importante per lui che per me. L'hockey per me è solo una valvola di sfogo, un modo per affrontare i miei demoni, un luogo dove lasciarli sul ghiaccio. Amo giocare a hockey, ma non ho lo stesso carisma sul ghiaccio. Non sto cercando di diventare un professionista.»

Ascolto in silenzio, raggiungendo il suo braccio, lasciandolo parlare, dandogli la possibilità di spiegarmi tutto.

«Se reagisco, e so che finirò per essere costretto a farlo se dovessimo litigare, non voglio rovinare le sue possibilità in questa stagione o nella prossima. Potrebbe farsi seriamente male, perché non ho intenzione di stare lì e prendermi un pestaggio solo perché è arrabbiato con me. Gli lascerei dare uno, forse due pugni, ha un destro micidiale, ma di più non posso proprio lasciare che mi massacri. Ho una reputazione da difendere.»

Esalando pesantemente, lascio che la mia mano trovi la sua.

«Grazie per avermi detto tutto questo.»

«Mi odi ancora?» Alza lo sguardo verso di me, aspettando la mia risposta.

«Non potrei mai odiarti.»

Porta la mia mano alle sue labbra, posandovi un caldo bacio sulla pelle.

«Vieni qui.» Mi avvicino, le mie mani contro il suo petto mentre mi sollevo, prendendo un assaggio dalle sue labbra.

Mi tira sul suo grembo, le sue forti braccia calde e confortanti dopo il litigio. Le sue dita danzano sulla mia pelle, lungo i fianchi, su e giù per le braccia. È come se stesse memorizzando ogni dettaglio di me.

«Mi dispiace,» sussurra Ashton tra i baci. «Cosa posso fare per farmi perdonare?»

So che dirlo a Luca ci allontanerebbe di nuovo. Dopo la stagione di hockey, che sembra un'eternità, ma sono solo poche settimane. La stagione regolare è finita alla fine di febbraio. I Narwhals sono ai quarti di finale dell'NCHC.

Non posso rischiare che perdano perché Luca non ha la testa nel gioco. È il loro miglior giocatore, non che lo direi ad Ashton. Anche se sono sicura che lo sappia già, ed è per questo che non vuole che Luca lo scopra.

Sono solo altre poche settimane; nel peggiore dei casi fino ad aprile se dovessero effettivamente arrivare al Campionato Nazionale. I Narwhals non hanno mai nemmeno raggiunto le semifinali del Frozen Four, ma non avevano mai avuto Luca e Ashton in campo, prima d'ora.

«Tutto ciò che desideri.» Ashton lascia cadere baci leggeri come piume sulle mie guance e labbra. «Ogni tuo desiderio è un ordine.»

Un debole sorriso appare sul mio viso. «Sei diventato un genio della lampada adesso?»

«Potrei esserlo» dice Ashton. «Se potessi esaudire tre

tuoi desideri, lo farei senz'altro. Quali sarebbero? E non dirmi cose noiose come la pace nel mondo.»

«La pace nel mondo non è noiosa!» Gli do una gomitata nelle costole.

«Ahi!» si lamenta e poi mi afferra le braccia, impedendomi di attaccarlo una seconda volta. «Tre desideri.»

«Il primo sarebbe di lasciarmi andare le braccia.»

«Noioso.» Ashton alza gli occhi al cielo ma sorride. «Desiderio esaudito.» Allenta la presa su di me.

Rido. «Mi tengo il secondo e il terzo desiderio per dopo.»

«Non funziona così,» mormora Ashton, mentre le sue mani mi stuzzicano i fianchi, giocando con la cintura dei miei jeans.

Sa esattamente cosa sta facendo, suscitando desiderio in me mentre sono seduta sulle sue gambe.

Accidenti, è bravo.

Le mie guance si scaldano e il mio corpo cede al calore, rilassandosi contro di lui.

«Non è un desiderio, ma voglio che tu vada a dire a Liam che stai con me. Abbiamo una relazione. E poi proclama quanto ci tieni a me.»

La faccia di Ashton si contrae. «Devo proprio?»

«Se vuoi che ti perdoni, sì.»

Ashton sospira e appoggia le mani sui miei fianchi. Mi guida delicatamente verso il mio posto sul materasso. Si alza, e lo faccio anch'io, desiderando assistere alla scena.

«Dove stai andando?» Ashton si volta a guardarmi, sorpreso che mi sia alzata dal letto.

«Oh, sarò presente al cento per cento per godermi lo spettacolo.» Lo seguo fuori dalla mia camera, desiderosa di assistere al suo gesto eclatante con Liam riguardo alla nostra relazione.

Mentre usciamo nel corridoio, mi avvicino a lui, in modo che solo lui possa sentirmi. «Non rovinare tutto o finirai per uscire con la tua mano a tempo indeterminato.»

«Crudele.» Mi lancia uno sguardo scherzosamente severo e poi mi dà un pizzicotto sul sedere.

La mia bocca si apre sorpresa, e lui ridacchia, entrando a grandi passi in soggiorno dove Liam si è appollaiato sul divano davanti alla televisione.

«Ashton ha qualcosa che vuole dire,» annuncio a Liam.

Liam prende il telecomando e preme il pulsante sulla televisione, silenziandola. «Ti ascolto.» Solleva un sopracciglio, chiaramente divertito e felice di sentire qualunque cosa Ashton abbia da dire.

«Nova ed io stiamo insieme. Siamo in una relazione, quindi non fare lo stronzo chiamandola una storia occasionale. Ci tengo molto a lei. Non è solo una ragazza con cui vado a letto; è la mia migliore amica e la mia ragazza. Non insultarla mai più in quel modo. Merita di meglio da te.»

Gli occhi di Liam si spalancano. «Capito.» Alza la mano. «Scusa, non volevo offenderti, Nova.»

«Va bene.»

«No, non va bene,» dice Ashton con fare protettivo. «Nessuno dovrebbe riferirsi alla nostra relazione come qualcosa di meno di quello che è. Tengo a lei e voglio che tutti lo sappiano.»

Liam osserva con curiosità. «Anche Luca?» Non può fare a meno di provare ad aggiungere altro dramma.

«Resta fuori dalla mia relazione, Liam. Non mi vedi immischiarmi nella tua storia da amici con benefici con quella ragazza di Great Falls.»

Liam si morde il labbro inferiore e guarda la televisione. «Ci siamo lasciati.»

«Merda. Mi dispiace, amico.» Ashton continua a tenermi per mano mentre mi conduce verso il divano.

Un pesante sospiro esce dalle labbra di Liam mentre ci sediamo, Ashton accanto a lui e io all'estremità del divano.

Sono ancora senza cuscini. Dannazione, ma almeno non mi sto sdraiando. «Mi dispiace sentire che le cose non hanno funzionato tra te e Iris.»

Ride sottovoce. «In realtà sono stato io a chiudere con lei.»

«Oh?» Ashton ed io aspettiamo entrambi che Liam elabori, ma non lo fa.

Il silenzio riempie l'aria tra di noi.

«Cosa è successo?» chiedo finalmente, rompendo la tensione.

Ashton appoggia una mano sulla mia coscia, il suo tocco gentile ma deciso. È confortante.

Liam emette un pesante sospiro. «Ridereste e pensereste che sono pazzo se ve lo dicessi, quindi possiamo... saltare quella parte e lasciare che dica semplicemente che è finita con Iris?»

«È successo qualcosa tra te e Iris?» azzardo. Se è un'amicizia con benefici, forse qualcuno si è preso una cotta o il sesso è diventato troppo strano per Liam o Iris. Questo spiegherebbe almeno la sua riluttanza a elaborare.

«No. Era un'altra ragazza, con cui non sto nemmeno uscendo. Ci siamo solo baciati.» Liam si alza, e borbotta sottovoce, ma non riesco a distinguere cosa stia dicendo.

«Ti piace quest'altra ragazza.» È facile indovinarlo; per quale altro motivo avrebbe chiuso con Iris?

«Sì,» dice Liam, fissandomi. «Ma non posso permettermi di provare qualcosa per lei.»

«Perché no?» Non capisco il problema.

«È complicato.» Liam va in cucina, lasciando Ashton e me sul divano.

Guardo Ashton, e lui si limita a scrollare le spalle. Mi alzo, seguendo Liam in cucina.

«Dai, sai che qualsiasi cosa ci dici sarà mantenuta nella più stretta confidenza.» Mi appoggio contro i mobiletti della cucina, aspettando che Liam riveli i dettagli. Sono una ragazza da pettegolezzi.

«Non sono preoccupato che tu possa raccontare qualcosa a qualcuno,» dice. «È solo che... non c'è molto da dire. La ragazza che ho baciato, la disprezzo. Siamo due completi opposti. È cattiva. Viziata. Ricca. La ragazzina è una mocciosa.»

«Ragazzina?» ripeto, confusa. «Pensavo fosse qualcuna del college. Che diavolo, Liam? Stai frequentando una minorenne?»

«Cazzo, no! Non è più una bambina. Ci conoscevamo da piccoli, e lei mi tormentava. Diamine, io la torturavo allo stesso modo. Abbiamo un passato tumultuoso. E non stiamo uscendo insieme. È stato un solo bacio.»

«Okay.»

I passi leggeri di Ashton risuonano sul pavimento. Mi circonda le spalle con un braccio, attirandomi contro di lui. «È per questo che sei tornato alla festa la settimana scorsa?»

Liam si irrigidisce prima di annuire. «È allora che ho incontrato la ragazza e poi ho rotto con Iris.»

«Deve essere una ragazza speciale.» Ashton fischia e sorride ironicamente. «Dovresti chiamarla.»

«Non ho il suo numero di telefono, e anche se ce l'avessi, la ragazza ha un destro micidiale.»

Ashton ridacchia. «Liam è stato picchiato da una ragazza,» canta, prendendo in giro il suo compagno di squadra.

«Lo negherò e ti ucciderò se lo dici a qualcuno.» Un lampo di oscurità attraversa il volto di Liam, e Ashton alza le mani.

«Finché non dirai nulla a Luca di me e Nova, abbiamo un accordo.»

«Ho mantenuto il tuo segreto, ma lo scoprirà, prima o poi.»

DODICI

HARPER

L'eccitazione mi ribolle nel petto, o forse è Zeke che continua a farmi le pernacchie sulla pancia per attirare la mia attenzione.

Nova, Kensley ed io siamo sedute in prima fila. Ho Zeke sulle ginocchia e le mie mani continuano a riposizionargli le cuffie per proteggerlo dal rumore della folla.

Zeke sembra non capire che deve tenere le cuffie, e continua a cercare di togliersele con le sue manine.

Portare un bambino piccolo a una partita di hockey non è stata la migliore delle idee, ma voglio che Zeke veda il suo papà giocare a hockey.

Papà.

Matrimonio.

Sono ancora concetti strani, estranei.

Sono passate quasi due settimane e, anche se Luca mi ha finalmente permesso di salire a letto accanto a lui, non è successo niente. Da quando abbiamo visto le foto a casa dei suoi genitori, abbiamo condiviso il letto, ma lui è stato irremovibile nel mettere un'ampia schiera di cuscini tra di noi, come se temesse di rotolare accidentalmente e abbracciarmi.

Oh, che orrore.

Sto facendo del mio meglio per dargli tutto il tempo e lo spazio di cui ha bisogno.

Almeno non sono più nella stanza con Zeke, il che ha portato il piccolo a intrufolarsi nella nostra camera quasi ogni notte. Riesco a farlo riaddormentare e a rimetterlo nel suo letto da bambino grande.

Ma questo sta interrompendo il mio sonno.

Luca non si muove di un millimetro quando Zeke irrompe in camera nel cuore della notte. O ha il sonno pesante o finge di non accorgersene. Non lo biasimo. Zeke è *mio* figlio.

«Guarda, c'è il tuo papà!» Nova indica Luca sul ghiaccio e poi fa il solletico a Zeke per attirare la sua attenzione.

Zeke osserva con occhi spalancati e curiosi mentre i ragazzi si allenano prima dell'inizio del primo periodo.

«Papà.» Zeke indica Luca.

«Esatto!» strilla Nova.

Sembra più eccitata di me, probabilmente perché ho già sentito Zeke riferirsi a Luca come papà più di una volta.

«Papà!» Zeke indica Ashton.

«Papà!» Zeke indica Liam.

Beh, almeno sta riconoscendo i compagni di squadra che vivono con noi.

«Non proprio,» dice Nova sospirando. «Luca è il tuo papino. Ashton è il mio.»

Sgrano gli occhi e colpisco Nova sulla spalla. «Ashton non è il tuo... oh mio Dio. Possiamo evitare?» Scuoto la testa, cercando di scacciare tutte le immagini di Ashton e Nova che avevo precedentemente sorpreso tra le lenzuola. Anche se, a dire il vero, non c'erano molte lenzuola a coprire alcunché.

Kensley ridacchia e lancia un'occhiata a Nova. «Voi due avete fatto sesso quella notte! Vi ho visti pomiciare alla festa.»

Il viso di Nova diventa rosso. «Zitta! Luca non lo sa.»

«Non può sentirci.» Kensley fa un gesto tra i ragazzi e noi. «Rilassati, non dirò niente. Ma perché Luca non può saperlo?»

Nova soffia via un ciuffo di capelli dagli occhi. «Luca ha l'energia del fratello maggiore. Picchierebbe a sangue chiunque io stia frequentando.»

«Perché?» chiede Kensley.

Sorrido. «Perché può farlo.»

Nova e Kensley ridono entrambe, facendo ridacchiare anche Zeke. È il suono più adorabile del mondo. Bacio le guance di Zeke. «Seriamente, Luca lo scoprirà.»

«Lo so.» Nova sospira pesantemente e incrocia le braccia sul petto. Si appoggia all'indietro, allungando le gambe per poi incrociarle. «Ashton e io abbiamo litigato per questo un paio di notti fa.»

«Oh?» Non posso fare a meno di sorprendermi che stiano litigando. Non c'è stato alcun segno mentre ero a casa. Nessuna tensione. Nessun battibecco. Anzi, si sono coccolati sul divano guardando film insieme la sera.

È un po' folle come Luca non abbia notato le coccole, ma lui vede Nova semplicemente come la sua sorellina e Ashton come il suo migliore amico. Per lui, sono solo due delle sue persone preferite che passano del tempo insieme.

«Abbiamo risolto. Tu non eri a casa quando è successo.» Nova agita la mano nell'aria e poi il suo sguardo si fissa su Ashton. Un sorriso ironico le attraversa il viso mentre lo guarda sul ghiaccio. «Liam stava facendo lo stronzo e, beh, l'intera relazione stava per andare in fiamme. Ora va meglio. Vorrei solo che Ashton trovasse il coraggio di dirlo a Luca. Non aspettare fino alla fine della stagione.»

«Potrebbe essere peggio,» dice Kensley, indicando

Zeke. «Questo piccolo potrebbe rivelare tutti i vostri segreti.»

«Dategli un altro mese o due e potrebbe farlo,» dico. Zeke sta già balbettando molto di più, e anche se non tutto è comprensibile, sta iniziando a imparare a ripetere le parole.

Nova geme. «Fantastico!»

Ashton pattina verso il plexiglass, salutando Nova. «Ehi, tesoro.»

«Papà!» Zeke indica Ashton.

Ashton guarda alle sue spalle, occhi spalancati, il viso che diventa terreo mentre cerca Luca, che è ancora al centro della pista a riscaldarsi. «Il bambino mi ha quasi fatto venire un infarto. Pensavo che qualcuno mi stesse arrivando alle spalle.» Ashton è un po' senza fiato.

«In bocca al lupo!» urla Kensley.

Nova impallidisce sul sedile. «Quello è per il teatro! Non urlarlo qui a meno che non sia alla squadra avversaria.»

«Scusa! Scusa!» Kensley alza le braccia. «Sto solo cercando di incoraggiarvi.»

«Un po' troppo entusiasticamente.» Nova fulmina Kensley con lo sguardo, e giuro di vedere un po' di gelosia bruciare attraverso di lei.

Ashton guarda nuovamente alle sue spalle, e quando si rende conto che Luca non sta guardando, manda un bacio a Nova. «Ci vediamo dopo la partita, tesoro. Verrai stasera al dopo-partita?»

«Non me lo perderei per niente al mondo,» dice Nova.

Nova e Ashton sono piuttosto adorabili insieme. Anche se so che Luca non sarà felice della notizia, forse posso aiutare ad appianare le cose dopo che gli diranno che stanno uscendo insieme. Nova non va più a scuola. Ha diciotto anni, è adulta e va all'università.

Almeno sta facendo buone scelte. Ashton non è una cattiva opzione in termini di fidanzati, anche se non sono sicura che l'avrei pensato qualche mese fa.

Ashton indica Zeke. «Mi piace il look,» dice, salutando mio figlio.

Zeke nuota nella maglia da bambino che siamo riusciti a comprare questo pomeriggio. È sopra i suoi vestiti invernali, e sembra comunque enorme su di lui.

«A più tardi.» Ashton pattina all'indietro, pavoneggiandosi mentre torna verso Luca, che si sta allenando a tirare in porta.

La squadra poi torna negli spogliatoi prima di entrare di nuovo nell'arena, questa volta per la partita.

Non posso fare a meno di sentire farfalle nello stomaco. Voglio che Luca faccia bene, che vinca. È così che si sente lui prima di ogni partita? Inoltre, non oso ammettere a nessuno che sono delusa che Luca non sia venuto a salutare Zeke o me durante l'allenamento. Ma siamo venuti qui per sostenerlo, non per renderla una questione personale.

La partita finisce con un punteggio finale di 1-3. I Narwhals vincono, e Luca è al settimo cielo, dato che ha segnato due dei tre gol stasera.

Pattina verso di noi dopo la partita, e il mio cuore accelera, sorpresa che ci abbia notato. Ci ha a malapena prestato attenzione stasera, ma forse era ciò di cui aveva bisogno per vincere.

«Ehi.» Luca saluta Zeke con la mano, che lo fissa e basta.

Kensley e Nova se ne vanno insieme, lasciandomi sola con Zeke. Non mi dispiace. Entrambe si stanno preparando per andare alla festa. Io mi sto preparando a portare Zeke a casa a dormire.

«È passata l'ora della nanna,» spiego quando Zeke si rannicchia tra le mie braccia e i suoi occhi si chiudono.

«Vai, portalo a casa. Non aspettarmi stanotte.»

«Divertiti alla festa.» Non chiedo nemmeno se ci andrà. Presumo di sì. Il resto della squadra andrà nel vecchio posto dove vivevamo. Chase organizza la festa insieme ai suoi nuovi coinquilini, che giocano anche loro per i Narwhals.

«Grazie,» dice, e il suo sorriso è sincero. I suoi occhi vacillano per un momento. «Ti va bene se ci vado?»

«Basta che tu non vada a letto con qualche ragazza facile, ma sono contenta che esci con i ragazzi.» Sono felice che abbia degli amici e che possa ancora fare cose con loro. Solo perché siamo sposati e io ho Zeke, non significa che lui debba rinunciare a tutto. Non voglio questo per lui.

Ride sottovoce. «Non preoccuparti. Ho sentito che la mia stanza nella vecchia casa non è più vuota.»

Questo non mi fa né ridere né sorridere.

Avevamo bei ricordi nella sua camera da letto. Nella nuova casa, tutto ciò che sento è freddo e distanza nella nostra nuova stanza. Posso solo incolpare me stessa per quella freddezza.

«Battuta sbagliata?» Luca offre un sorriso storto, e il mio stomaco danza con quelle piccole farfalle.

«Mi mancano quei giorni,» dico, desiderando che il plexiglass non fosse l'unica cosa tra di noi.

Luca annuisce. «Anche a me.» Si toglie il casco e si strofina i capelli. «Dovrei andare a farmi una doccia. Ci vediamo più tardi stasera?»

«Cuscini e tutto il resto,» mormoro sottovoce.

Il suo sguardo si indurisce, ma annuisce. Non sono sicura se abbia sentito quello che ho detto o meno. La folla si è dispersa, quindi non è rumoroso come lo era prima.

«Dai un bacio della buonanotte a Zeke da parte mia,» dice Luca.

Mi fermo, sorpresa. Non ha mai messo a letto Zeke. Non sono sicura di averlo mai visto dare un bacio a mio figlio o dirgli che gli vuole bene.

«Sì, lo farò.» Forzo un sorriso ma non posso fare a meno di sentirmi confusa.

Luca si guarda intorno. «Hai un passaggio per tornare a casa? Dove sono andate Kensley e Nova?»

«Stanno andando alla festa. Sono venuta a piedi qui con Zeke. Tornerò a piedi. Va bene, ci sono molte persone fuori stasera, e il tempo è bello.»

«Ci sono temperature sottozero fuori. Non è bello. Aspetta vicino allo spogliatoio. Ti porterò a casa prima della festa.»

«Non devi farlo, Luca.»

«Non te lo sto chiedendo. Aspettami fuori dallo spogliatoio.»

Faccio un cenno secco. «Sì, certo.»

Lui pattina via per farsi la doccia e cambiarsi. Io

vagabondo per gli spalti, dirigendomi verso l'ingresso dello spogliatoio dei Narwhals.

Alcune altre ragazze stanno aspettando, Nova e Kensley incluse.

«Ehi!» Gli occhi di Nova si spalancano, sorpresa di vedere me e Zeke. «Pensavo che stessi portando la piccola tigre a casa a dormire?»

«È così, ma Luca ci accompagna a casa in macchina. Non voleva che camminassi da sola.»

Kensley sorride e si appoggia al muro. «È davvero dolce da parte sua.»

Quasi trenta minuti dopo, Luca esce dallo spogliatoio, con Chase e Ashton dietro di lui.

I capelli di Luca sono bagnati, e alcune gocce d'acqua gli scivolano sul collo mentre le asciuga con il dorso della mano. «Porterò Harper e Zeke a casa, poi verrò alla festa. Nova e Kensley, Chase vi accompagnerà alla festa. Vi riporterò a casa dopo con Ashton.»

«Ecco, lascia che lo prenda io.» Luca tende le braccia per tenere Zeke.

«Sei sicuro?» Zeke è quasi addormentato. Le sue palpebre continuano ad aprirsi e chiudersi mentre lotta contro il sonno.

«Lo hai tenuto in braccio tutta la sera. Lascia che ti dia una pausa per qualche minuto.»

Riesco a districare Zeke dalla mia presa e lo passo a Luca. «Grazie.»

Gli occhi di Zeke si spalancano mentre passa da me a Luca, ma poi si sistema di nuovo e chiude gli occhi, accoccolandosi contro Luca.

Nel giro di pochi secondi, il mio piccolo bambino sta russando profondamente, il che sarà problematico perché devo mettergli il cappotto invernale e il cappello.

«Hai giocato bene oggi.» Sono davvero orgogliosa di Luca, è molto bravo a hockey. Forse può davvero ottenere una carriera professionale e tenersi lontano dagli affari di suo padre.

«Ho giocato discretamente,» dice Luca con modestia, offrendo un sorriso ironico. «È stata una buona partita.»

Abbottono il mio cappotto e indosso il cappello. Ci avviciniamo alla porta che dà all'esterno ma ci fermiamo mentre riesco a infilargli il cappotto.

Si agita e brontola, aprendo e chiudendo gli occhi. Non vuole stare sveglio, e sembra anche che non voglia indossare il cappotto, ma riesco a metterglielo con l'aiuto di Luca e poi lo chiudo velocemente mentre lui culla Zeke, facendolo saltellare tra le braccia per farlo riaddormentare.

Gli alzo il cappuccio sulla testa dato che mettergli un cappello adesso sarebbe solo un'altra battaglia.

Mi infilo i guanti mentre usciamo nell'aria fredda della notte e ci affrettiamo attraverso il parcheggio verso l'auto di Luca.

«Grazie ancora per averci accompagnato.»

«Figurati. Non avrei mai permesso a mia moglie di camminare con nostro figlio da sola di notte.»

Moglie.

Nostro figlio.

Luca di solito non si riferisce a Zeke come *nostro* figlio. Suona strano dalle sue labbra, ma devo ammettere che mi piace.

«Da quanto tempo aspettavi di chiamarmi tua moglie?» Sorrido scherzosamente.

Lui ride sottovoce. «Sto solo provando. Suona strano, vero?»

«È nuovo. Ma mi piace.» Apprezzo che stia provando, e anche se non mi ha perdonata del tutto per essere scappata il giorno del nostro matrimonio, forse è ora che possiamo finalmente andare avanti insieme.

«Anche a me.» Luca sorride e sblocca la portiera dell'auto, aprendo il sedile posteriore. Sistema Zeke nel seggiolino e lo allaccia.

Controllo, assicurandomi che tutto sia corretto, e che sia ben allacciato prima di salire sul sedile anteriore.

Il silenzio riempie l'auto, ma è una quiete confortevole che mi piace molto. L'auto ci mette qualche minuto a riscaldarsi, ma quando arriviamo a casa, è calda e accogliente.

«Aspetta,» dice Luca prima di parcheggiare l'auto e che io scenda.

Mi volto verso di lui, e parcheggia nello spazio davanti alla casa, con il motore acceso e il riscaldamento ancora al massimo.

Si sporge attraverso il sedile, la sua mano mi sfiora la guancia, le sue dita tra i miei capelli mentre si avvicina e mi attira a sé. Le sue labbra trovano le mie, e sebbene sia sorpresa che mi stia baciando di nuovo, il mio corpo ricorda tutto di prima e si scalda istantaneamente al suo tocco.

Non c'è modo di combattere il desiderio, né vorrei farlo con Luca.

Le mie labbra si schiudono, e lui mi divora avidamente, le lingue che si rincorrono mentre il mondo attorno a noi sembra svanire.

Il calore mi pervade la pelle. Le sue labbra si muovono lungo il mio collo e poi tornano alle mie, alimentate dal bisogno.

«Morivo dalla voglia di baciarti.» Appoggia la fronte contro la mia, senza fiato.

«Vuoi entrare?» chiedo, offrendogli più di un semplice bacio per stasera.

Le sue labbra schiacciano di nuovo le mie, poi mi slaccia la cintura di sicurezza, le sue dita vagano sul mio corpo, infiammandomi.

«Sì,» ansima, respirando affannosamente.

Spegne la macchina, si slaccia frettolosamente la cintura e porta Zeke fino alla porta d'ingresso mentre io armeggio con le chiavi. Le mie mani tremano.

Luca sorride con quel sorriso dolce e caldo che mi scioglie dentro. «Ce la fai.» La sua voce profonda e roca invia caldi brividi per tutto il mio corpo.

Infilo la chiave nella serratura, la giro e apro la porta.

«Brava,» sussurra, e giuro che rabbrividisco solo per la sua voce e le sue parole.

Aiuto Zeke a togliersi il cappotto, le scarpe, e poi i miei vestiti invernali prima di prenderlo da Luca.

Luca si toglie le scarpe e il cappotto, e un minuto dopo è in piedi sulla porta a osservarmi mentre preparo Zeke per andare a dormire.

Di solito non sembra interessato. Stasera, osserva tutto. Prende appunti mentali mentre raccolgo il suo pigiama e gli cambio il pannolino.

Non gli leggo una storia stasera. È ben oltre l'ora di andare a letto di Zeke, e lo metto sotto le coperte, dandogli molti abbracci, baci e coccole.

Luca scompare e un minuto dopo ritorna con un drago di peluche. «Ho pensato che forse potrebbe dormire con questo piccolo amico.»

Zeke allunga le mani verso il drago e lo stringe forte al petto, chiudendo gli occhi.

Gli tiro su le coperte, dandogli un altro bacio prima di spegnere la luce e chiudere la porta della camera.

«È stato davvero dolce da parte tua, dargli quel drago.»

«L'ho preso al negozio di souvenir dell'hotel la settimana scorsa, durante la trasferta.» Luca mi attira contro di sé, i suoi fianchi trovano i miei mentre mi inchioda contro il muro, appena fuori dalla porta della camera di Zeke. «Morivo dalla voglia di assaporare di nuovo le tue labbra.»

Chiudo gli occhi e mi sollevo, sfiorando le mie labbra contro le sue, desiderandolo, volendolo, bramando un per sempre con lui.

È affamato, e il suo bisogno è insaziabile. Mi tira all'indietro con sé, verso la nostra camera, poi mi solleva, le mie gambe attorno alla sua vita mentre mi porta nella nostra stanza, premendomi contro la porta, chiudendola dietro di noi.

«Voglio scoparti, principessa.»

Non discuto sul soprannome. In questo momento, potrebbe chiamarmi in qualsiasi modo e io acconsentirei comunque.

«Sarai una brava bambina per me e farai come ti dico?»

«Sì,» sibilo, occhi chiusi, deliziandomi delle sensazioni che suscita in me.

«Brava bambina.»

Gemo, il mio corpo che fa cose deliziose solo per le sue parole, e lui mi porta sul materasso, adagiandomi sul morbido tessuto.

Allenta la presa su di me, e io piagnucolo in protesta, sentendo la mancanza del suo calore. Se mi sta prendendo in giro e decide di andarsene, come qualche forma di ritorsione per il passato, lo distruggerò.

Restai ai piedi del letto, si toglie la camicia e poi i pantaloni.

È stupendo e assolutamente bellissimo, con i suoi addominali scolpiti. Il suo corpo è chiaramente quello di un atleta, il che mi fa sentire leggermente più insicura riguardo al mio.

Luca si china, premendo il suo corpo contro il mio, e posso sentire il suo cazzo che mi preme. «Hai troppi vestiti addosso, principessa. Devo fare tutto il lavoro stasera e spogliarti io stesso?»

Un sorriso malizioso attraversa il mio viso. «Mi piacerebbe.»

Ride. «Scommetto di sì.»

«Spogliati e mettiti a quattro zampe.»

Mi spoglio rapidamente, e lui mi dà una pacca sul sedere nel momento in cui sono nuda. «Ehi! Per cos'era?» chiedo, il mio culo alla sua mercé. Sono nuda e mi sento piuttosto esposta e vulnerabile a quattro zampe, mentre lui sta in piedi dietro di me.

«Per cosa *non* lo era?»

Guardo oltre la mia spalla verso di lui, e sta sorridendo sornione. Le sue mani accarezzano il mio sedere prima di colpirlo di nuovo.

«Ahi! Smettila di sculacciarmi.» Mi giro sul sedere, che brucia, ma almeno sono seduta e lui non può colpirmi di nuovo.

«Smettila di fare la bambina viziata.» Il suo sguardo si stringe, e io mi siedo sulle ginocchia.

«L'unico bambino viziato che vedo stasera sei tu.» Afferro un cuscino e lo colpisco al petto.

Si muove appena, il suo corpo praticamente di ferro contro il materiale morbido, e alza un sopracciglio. «Hai finito di fare la monella?»

«È davvero una parola?» esclamo, soffocando dalle risate e lo colpisco di nuovo con il cuscino.

Lo afferra, questa volta fermandomi, ma riesce comunque a colpirlo al petto. Tuttavia, è riuscito a rubarmi il cuscino, strappandomelo dalle mani. Lo lancia dall'altra parte della stanza. «Stai cercando una battaglia di cuscini? Perché devi sapere che sono il campione in carica.»

Sbuffo, ridendo. «Scommetto proprio che sia vero.»

Mi lancio verso il cuscino, ma lui ha altre idee, placcandomi contro il materasso, immobilizzandomi. «Questo è molto più divertente,» dice mentre le sue mani mi trattengono e le sue labbra danzano sul mio collo.

Rabbrividisco e gemo, il mio corpo che reagisce istantaneamente. I miei capezzoli si induriscono quando il suo petto sfiora il mio, e avvolgo una gamba attorno alla sua, attirandolo più vicino.

«Cazzo,» gemo mentre la sua bocca fa quella cosa in cui la sua lingua stuzzica il punto sensibile sul mio collo e poi si sposta al mio orecchio. «Mi ucciderai,» gemo mentre il mio corpo si contorce sotto di lui, ma lui non allenta la presa su di me.

«Penso che tu stia esagerando, principessa.» Le sue labbra tornano sul mio collo, compiaciute quando i miei fianchi iniziano a muoversi, disperati per avere di più. L'altra gamba avvolge la sua e lotto per farci girare, usando i miei fianchi e il mio peso mentre lui mi bacia il collo, per metterlo sulla schiena.

Ride e si adagia sul materasso, un enorme sorriso sul volto. «Hai intenzione di dominarmi stasera, principessa?»

Quel soprannome sta iniziando a darmi sui nervi. «Non. Sono. Una. Principessa,» sibilo verso di lui e fingo di mordere, ma mantengo abbastanza distanza per non pizzicarlo fisicamente.

Il sorriso di Luca non vacilla minimamente. Non ha paura di me. Non che dovrebbe averla, ma comunque, si sta divertendo troppo pensando di avere il controllo.

A cavalcioni sui suoi fianchi, le mie mani premono le sue braccia contro il letto. Mi guardo intorno, non avendo nulla con cui possa facilmente legarlo, il che lascia la mia forza contro la sua.

Sono perfettamente consapevole di non essere alla sua altezza, ma forse questo gioca a mio favore.

«Certo, errore mio.» Mi sorride dal basso, i suoi occhi grigi di una tonalità di argento e blu più chiara che non ho mai visto prima. È ipnotizzante, proprio come tutto il resto di lui.

Per un momento, mi perdo nel suo modo di guardarmi. Il mio polso accelera, il calore si avvolge nel basso ventre, e non so decidere se voglio vincere questo gioco o arrendermi completamente.

Arrendermi a lui.

«Se mi chiami principessa ancora una volta,» ringhio contro di lui.

Luca inarca un sopracciglio, fingendo innocenza, ma c'è un luccichio di sfida nei suoi occhi.

Si muove sotto di me, il suo membro duro e pulsante tra noi, e il suo sorrisetto si allarga. Sa esattamente cosa mi sta facendo, e se lo sta anche godendo.

«Cosa farai se lo faccio?» mi provoca dolcemente, la sua voce appena sopra un sussurro contro la mia pelle, sfidandomi ad agire sulla mia minaccia.

Chiunque altro, e lo odierei per questo.Ma non potrei mai odiare Luca.

Un sorriso malizioso mi attraversa le labbra mentre mi avvicino. «Vuoi davvero scoprirlo?» lo stuzzico, lasciando che la mia voce scenda a un sussurro roco.

Sento il suo lieve sussulto mentre muovo i fianchi contro i suoi, e lui sta combattendo la tentazione.

Le mie dita si stringono attorno ai suoi polsi, sfidandolo a reagire, ma lui rimane perfettamente immobile, occhi fissi nei miei, affamati e impassibili. Per una frazione di secondo, sembra che siamo sospesi nel tempo, intrecciati nella possibilità, ogni respiro carico di anticipazione.

«Dio, davvero lo voglio,» ansima Luca, e i suoi occhi si chiudono mentre lo stuzzico con i miei fianchi.

Si sta muovendo con cautela, cercando di resistere mentre il calore divampa tra noi, e io allento la presa sul suo braccio abbastanza a lungo da far scivolare le dita fino al suo membro.

Voglio toccarlo, accarezzarlo, farlo urlare il mio nome e farmi perdonare. Ogni respiro che prende è lento e pesante. Il calore ci inonda, solo ascoltando il suo respiro, il mio cuore tuona mentre lui ci fa rotolare velocemente e mi ritrovo distesa sulla schiena.

«Ti stai divertendo?» Mi sorride dall'alto.

Le mie dita stuzzicano la punta del suo membro, e i suoi occhi si chiudono mentre la sua testa si inclina all'indietro, godendosi il mio tocco.

Guido le mie dita lungo la sua asta e ascolto ogni respiro roco e ogni sussulto d'aria che brama, elettrizzata all'idea di essere responsabile di quei rumori peccaminosamente bellissimi che emette.

«Sto solo iniziando, principessa,» lo prendo in giro.

I suoi occhi mi lanciano uno sguardo torvo per avergli rivolto quel nomignolo. Ma prima che possa dire altro, sto guidando il suo membro duro come la pietra dentro di me e lo zittisco.

C'è sempre una prima volta per tutto.

I suoi occhi si chiudono beati, e il mio cuore tuona per la sensazione mentre lo accolgo tutto dentro di me.

Luca esce, spingendomi via con forza.

«Che...»

«Preservativo,» mormora e si gira verso il comodino per prenderne uno.

Merda.

Non posso credere di essermi dimenticata del preservativo. Ma non siamo stati con altri partner, almeno io non l'ho fatto, e non credo che Luca mi sia stato infedele.

«Prendo la pillola,» dico, sperando che questo possa alleviare le sue preoccupazioni.

«Giusto.» Strappa la confezione e infila il

preservativo sul suo membro prima di risalire su di me. «Ora, dove eravamo rimasti?»

Sorrido, lasciandolo guidare questa danza perché, in questo momento, non m'importa chi sta sopra o sotto. Potremmo scopare in piedi, e non importerebbe. Voglio solo Luca, *ora*.

«Stavi per scoparmi perché ti ho chiamato *principessa*.»

Il mio promemoria è tutto ciò di cui ha bisogno perché riprende il controllo, il suo membro posizionato alla mia entrata e poi spinge dentro, centimetro dopo centimetro.

Ogni spinta è gloriosa e si sente incredibile.

Mi allarga dentro, muovendosi più in profondità con ogni colpo, e avvolgo le gambe intorno a lui, volendo prenderlo tutto.

«Cazzo,» ansimo, le unghie che graffiano le lenzuola, la biancheria, e poi Luca, bramando quanto più contatto possibile, eppure non sembra mai abbastanza.

Il mio respiro esce in ansiti spezzati, la stanza si riscalda con ogni movimento.

Il nome di Luca mi sfugge dalle labbra in un sussurro disperato, il mio corpo che si inarca verso di lui, inseguendo quella sensazione elettrica che si costruisce tra noi.

Sono già così vicina, ma lo voglio lì proprio insieme a me. Le mie unghie lo segnano, reclamando Luca come mio mentre lo graffo, avendo bisogno di più.

Lui afferra le mie mani, spingendole nel materasso ai miei lati, inchiodandomi.

Il suo corpo è come lava fusa, inondandomi di calore, fuoco, desiderio, mentre canto il suo nome ancora e ancora.

Il mio corpo si inarca, le dita dei piedi si arricciano, mentre inseguo la scintilla, cadendo nell'oblio.

Lui è lì con me, le sue labbra fuse con le mie, mettendo a tacere l'ultimo dei miei gemiti e suppliche mentre la sua lingua spinge oltre le mie labbra, riversando tutto sé stesso dentro di me.

Un momento dopo, rotola via da me per rimuovere il preservativo e pulirsi. Respira pesantemente, il mio cuore martella contro la gabbia toracica mentre cerco ancora di riprendere fiato.

Si sdraia con me, tirandomi contro il suo petto mentre mi avvolge da dietro.

I miei occhi si chiudono, appagati.

È passato troppo tempo da quando mi ha tenuta tra le braccia. La sensazione da sola è calda e confortante. Faccio fatica a rimanere sveglia. I suoi dolci baci sulla mia spalla mi cullano nel sonno.

Non so quanto tempo sia passato, ma sento il letto muoversi e il suono di Luca che si veste. «Stai andando alla festa?» sbadiglio, tirando su le lenzuola intorno a me.

Luca mi lancia la maglia che indossavo prima alla partita, così che io abbia qualcosa addosso quando Zeke inevitabilmente si sveglierà e irromperà nella nostra camera da letto.

È una cattiva abitudine che ha preso da quando ho iniziato a dormire nella sua camera.

Mi metto seduta, infilandomi la maglia sopra la testa. I miei occhi sono pesanti. Voglio ricadere nel sonno tra le braccia di Luca, ma non credo che questo accadrà ancora stanotte. Almeno, non finché non tornerà a casa.

«Solo per un'ora, forse due al massimo. Devo andare a prendere Kensley, lasciarla ai dormitori e poi riportare Nova, Ashton e Liam a casa.»

«Non può farlo qualcun altro?» sbadiglio, strisciando di nuovo sotto le coperte.

«Non mi fido che i ragazzi siano sobri. Sarò di ritorno prima che te ne accorga.» Luca si avvicina e mi lascia un bacio sulla fronte.

«Buonanotte, principessa,» mormoro, cercando di provocarlo.

Lui ringhia e cattura le mie labbra in un bacio appassionato, le sue dita s'intrecciano nei miei capelli mentre mi stringe forte contro di lui. «Continua a chiamarmi così, principessa, e ti ritroverai con il sedere arrossato.»

TREDICI

LUCA

Ci vuole ogni grammo di energia per lasciare la casa, il calore del mio letto dove dorme Harper. Sono passate settimane da quando l'ho toccata, accarezzato la sua pelle, baciato e adorato il suo corpo.

Una parte di me vuole restare a letto, ma ho promesso alla squadra che ci sarei stato, e ho anche promesso ai miei amici che li avrei riportati a casa stasera.

Inoltre, starò solo poche ore alla festa e poi potrò rannicchiarmi con Harper per il resto della notte. Abbiamo il resto delle nostre vite insieme.

Mi dirigo verso il vecchio appartamento dove vivevo lo scorso semestre.

Dall'esterno, la casa sembra la stessa.

La porta d'ingresso è aperta ed entro, chiudendola dietro di me. L'interno è caldo, accogliente e rumoroso.

La musica pompa dappertutto. Chase ama davvero alzare il volume degli altoparlanti, e ha sicuramente ridisegnato gli interni. Il posto urla "appartamento da scapolo", e l'odore è un po' stantio.

Kensley e Brooks stanno vicino alla cucina. Lui è appoggiato al muro; lei ha un drink in mano e ride per qualunque cosa lui stia dicendo. C'è decisamente feeling tra loro, e Brooks è un bravo ragazzo. È la matricola meno fastidiosa della squadra.

È chiaro che stanno flirtando. Il linguaggio del corpo di lui grida che è interessato; si sporge in avanti, le allontana i capelli dagli occhi e tiene la mano sulla sua guancia per un momento.

Distolgo lo sguardo; non sono affari miei cosa fa la migliore amica di Harper o chi le piace.

Il divano nel soggiorno è occupato da Chase e una ragazza che non riconosco. Entrambi stanno legando molto intimamente.

Ashton e Nova sono seduti di fronte a loro sulla poltrona a due posti, di cui non mi piace molto il nome, ma è solo una sedia. Stanno chiacchierando animatamente. Nova si alza, con un drink in mano, ondeggiando i fianchi a ritmo di musica.

Ha chiaramente bevuto abbastanza.

Grazie a Dio, Ashton la sta tenendo d'occhio stasera.

È bello non dovermi preoccupare della mia sorellina. Passo davanti a Kensley e Brooks per entrare in cucina, prendendo un bicchiere di plastica con del punch. Senza dubbio c'è un mare di liquore mischiato dentro.

Anche se preferirei una birra, sembra che questa sia la bevanda preferita stasera.

Lo prenderò.

È meglio che stare a questa festa sobrio senza Harper.

Non ho intenzione di bere più di un drink. Okay, due al massimo.

La mia mente torna a stasera, a quando ho visto Harper alla mia partita con Zeke, entrambi che indossavano le maglie dei Narwhals. Avrei voluto pattinare verso di loro prima che la partita iniziasse, ma sapevo che sarebbe stata la mia più grande distrazione.

Non necessariamente in senso negativo, ma dovevo concentrarmi.

Devo diventare un professionista.

È l'unico modo per sfuggire all'accordo di Dante che mi vuole far lavorare sotto di lui.

E anche se sarebbe solo una soluzione temporanea, se riuscissi a diventare abbastanza famoso, lui non mi vorrà coinvolto nell'attività. Ci sarebbe troppa luce dei riflettori, un pubblico nazionale curioso su di me quando eventualmente mi ritirerò.

L'hockey deve essere la mia via d'uscita da Breckenridge. Lontano dalla vita che Dante ha scelto per me e per la mia famiglia.

Bevo un sorso del punch e cavolo, è davvero forte. La fitta è benvenuta mentre scende nella mia gola. Verso un altro mestolo nel mio bicchiere e poi mi dirigo in soggiorno per stare con Ashton e Nova.

Sono sorpreso che Ashton ultimamente non si sia portato a letto nessuna ragazza, ma in realtà apprezzo che stia tenendo le sue compagne di letto fuori casa.

Conoscendo Ashton, probabilmente si sta incontrando con delle ragazze nelle loro stanze del dormitorio, il che va bene per me, meno drammi.

Entrando in soggiorno, Nova sta ballando e ondeggiando a ritmo di musica. Prende un altro sorso dal suo bicchiere di plastica rosso.

Ashton le sta chiaramente parlando e, a quanto pare, probabilmente si sta irritando con lei perché beve. Allo stesso modo in cui la mia sorellina mi fa impazzire quando non ascolta.

Fratelli.

Nova sale sul tavolino di legno, e mi affretto ad avvicinarmi, preoccupato che possa cadere con quei tacchi, o peggio, che il tavolo possa crollare sotto di lei.

Le tendo una mano. «Dai, scendi, Nova. Hai bevuto abbastanza.»

Nova ridacchia, le parole biascicate. «Ho un annuncio da fare!» grida. Alcuni dei miei compagni di squadra che non sono nel bel mezzo di una sessione di baci guardano nella sua direzione.

«Nova,» il mio tono la rimprovera, ma lei mi manda via con un gesto.

«Un giorno, sposerò Ashton Rinaldi.» Le sue braccia si tendono verso di lui, i suoi occhi da cerbiatta sbattono selvaggiamente.

«Andiamo a casa,» ringhio e l'afferro per i fianchi, mettendola sulla mia spalla.

La mia sorellina si sta mettendo in imbarazzo. È chiaro che ha bevuto troppo.

«Mettimi giù!» Nova batte sulla mia schiena con i pugni. «Ashton, digli di mettermi giù.»

Le sue parole sono biascicate e il suo corpo si dimena mentre mi combatte.

Ashton si alza e si avvicina di un paio di passi verso di me. «Dovresti ascoltare tua sorella e metterla giù.»

Il mio sguardo si irrigidisce su Ashton.

È il mio migliore amico.

Perché mi dice cosa fare con mia sorella?

«È ubriaca. La porto a casa. Ce ne andiamo, ora. Vai a prendere Kensley e Liam.» Mi giro per dirigermi verso la porta d'ingresso.

«Metti giù la mia ragazza, adesso,» dice Ashton, e per un momento, il mio mondo gira.

«Ragazza? Stai uscendo con *mia* sorella?» Il calore mi inonda il viso e il mio cuore tuona nel petto.

Passo davanti ad Ashton, mettendo Nova sul divano. «Resta lì,» ringhio, avvertendola di non muoversi.

Nova non ascolta.

Non ascolta mai.

Alzandosi, barcolla verso di noi. «Per favore, non essere arrabbiato, Luca.» Nova sbatte quegli occhi azzurro cielo verso di me, ma se può funzionare con Ashton, con me non ha alcun effetto.

Ignoro Nova e afferro Ashton con una mano, tirandolo più vicino a me, i nostri volti a pochi centimetri di distanza.

Il calore mi lambisce la pelle. Il mio sangue scorre

caldo come lava fusa. «Una regola. Avevo solo una fottuta regola,» sibilo tra i denti serrati.

La mia mascella ticchetta e lo spingo all'indietro, le mie mani strette in pugni ai miei lati.

«Guarda, non sto solo andando a letto con tua sorella...»

Mi lancio contro Ashton, afferrandolo per il bavero della camicia e sbattendolo contro il muro del soggiorno. «Ti avevo avvertito di non toccare mia sorella!»

«Mi importa di lei, Luca. Non è solo una delle tante con cui vado a letto.»

Le sue parole mi colpiscono più duramente di qualsiasi pugno al corpo. «Non ti credo! Ho visto le ragazze che porti nel tuo letto, una nuova ogni notte.»

Nova osserva con occhi spalancati, e Liam arriva come una furia dall'angolo, strattonandomi via da Ashton.

«Questo non è un'avventura passeggera, non per me.» Lo sguardo di Ashton passa da me a Nova. L'aria vibra di elettricità.

Brooks afferra il mio altro braccio. Con Liam alla mia sinistra, Brooks alla mia destra, mi viene impedito di attaccare Ashton. «Lo sapevamo tutti,» dice Brooks, e la sua calma mi fa solo infuriare di più.

«Tutti?» sibilo, con gli occhi che si spalancano mentre guardo intorno nella stanza.

Fisso Kensley. «Anche tu lo sapevi?»

Kensley annuisce leggermente. «Li ho visti pomiciare mesi fa quando vivevate ancora qui.»

«Va avanti da mesi?» Lo shock non descrive nemmeno lontanamente la sensazione straziante di essere stato ingannato, tradito dai miei amici più stretti e dai miei compagni di squadra.

«Non sapevamo come dirtelo.» Ashton mi fissa, con le rughe di preoccupazione incise sulla fronte.

Nova si avvicina a me e fa un cenno a Brooks e Liam. Allentano la presa, finalmente liberando le mie braccia, ma rimangono in guardia nel caso volessi attaccare di nuovo Ashton.

«Volevo dirtelo,» dice Nova, allungando la mano e posandola delicatamente sul mio braccio. «Io e

Ashton stavamo litigando proprio questa settimana su quando e come dirtelo.»

«Non ci sarebbe dovuto essere niente da dire.» Lancio un'occhiataccia ad Ashton. «Vi avevo avvertiti, tutti voi,» guardo a turno i miei compagni di squadra, «di stare lontani dalla mia sorellina.»

«Luca,» la voce di Nova è dolce, calma, sta cercando di rassicurarmi, ma non placa l'ondata di adrenalina che mi scorre dentro. «Non sono una bambina. Sono al college ora. Non puoi aspettarti che non esca con nessuno.»

Lo so, e non mi aspettavo che non uscisse con nessuno. «Puoi uscire con chi vuoi. Solo non con uno di questi ragazzi,» ringhio, indicando Ashton. «I giocatori di hockey sono i peggiori...»

«Tu sei uno di loro!» mi urla Nova. «Mi vedi forse impedire a Harper di stare con te?»

«È diverso.»

«In che modo?» Nova mi guarda torva. «Siamo entrambe matricole. Stiamo entrambe con giocatori di hockey.»

«Io non sono un donnaiolo!» Non capisce quanto siamo diversi io e Ashton?

Ashton si avvicina a Nova, mettendole un braccio intorno alla vita. «Non lo sono più: tua sorella mi ha cambiato.»

Non credo ad Ashton. Ha giurato che non si sarebbe mai innamorato, che l'amore fosse un'idea concepita interamente dai media. Non voleva una relazione; voleva solo scoparsi una ragazza diversa ogni notte.

Vorrei strappargli il braccio dalla spalla e faccio un passo avanti, con Liam che mi trattiene. «Non farlo.» La voce di Liam è nel mio orecchio.

«E perché diavolo no?»

«Per cominciare, la tua carriera nell'hockey,» dice Liam. Mi tiene stretto. «Se lo aggredisci, sarai fuori dalla squadra. La tua preziosa carriera, finita. Il tuo futuro nella NHL, inesistente.»

Stringo i denti ed espiro pesantemente dalle narici. Mi sento come un drago che emana vapore, in attesa di riversare fuoco su Ashton.

Fanculo.

«Stai lontano da mia sorella, cazzo!»

Gli occhi di Nova si stringono. «Capisco. Sei arrabbiato. Furioso perché ti abbiamo mentito. Mi dispiace che non te l'abbiamo detto quando Harper l'ha scoperto. Non avremmo dovuto farle mantenere il nostro segreto, ma devi vedere la cosa dal nostro punto di vista...»

Aspetta.

Harper lo sapeva?

Sono le uniche parole che sento, e risuonano forte nella mia testa, come uno sparo.

Se non mi sentivo già morire dentro, di sicuro ora sì.

Mi ha mentito.

Di nuovo.

«Ho finito.» Spingo via Liam e mi dirigo verso la porta d'ingresso. «Torno a casa. Se vuoi un passaggio, è meglio che arrivi alla mia macchina prima che parta.»

Il viaggio verso casa è pieno di tensione. Lascio Kensley al suo dormitorio prima di dirigermi a casa.

Nova è sul sedile anteriore, mentre Liam e Ashton sono seduti dietro.

Per fortuna, Ashton e Nova sono stati abbastanza intelligenti da non sedersi insieme in macchina, o avrei potuto farli tornare a casa a piedi nel freddo brutale. Non m'importa che la temperatura percepita sia sottozero fuori.

Il silenzio riempie lo spazio vuoto e, arrivati a casa, entro come una furia, dirigendomi dritto verso la camera da letto.

Sbatto la porta, dimenticando momentaneamente che Zeke sta dormendo nella stanza accanto, e faccio una smorfia quando sento i suoi pianti.

«Cazzo,» digrigno tra i denti serrati.

«Luca?» La voce assonnata di Harper riaccende un fuoco dentro di me, e lo soffoco, silenziando il desiderio.

«Mi hai mentito,» sibilo, le mie parole fredde come l'aria notturna fuori.

Harper si strofina il sonno dagli occhi mentre guarda l'orologio e si siede. «Cosa?» È assonnata e disorientata per un momento. Riconosco la confusione, ma non me ne frega un cazzo.

«Avresti dovuto dirmelo!»

Si lascia cadere di nuovo sul letto. «Dovrai spiegarmelo. Non so perché sei arrabbiato, Luca.»

«Ashton e Nova... e tu lo sapevi.» Il calore si irradia in tutto il mio corpo. Per quanto voglia cacciarla dalla camera da letto, è la nostra stanza. Ma forse dovrebbe andare a dormire sul divano o nella stanza di Zeke sul materasso singolo.

Un pesante sospiro esce dalle sue labbra, e dà dei colpetti sul letto accanto a lei... lo spazio vuoto, il mio spazio. «Vieni, parliamo.»

Il calore brucia attraverso il mio corpo. Mi strappo la felpa dalla testa. Dovrei cambiarmi per andare a dormire, ma non penso proprio di poterlo fare. Sono troppo carico di rabbia, alimentato dal fuoco che Harper ha creato. «Non ho voglia di parlare.»

Le parole di Harper sono dolci, disarmanti, ma non mi calmano. «Quindi, hai solo voglia di urlare?»

Le volto le spalle, affrontando lo specchio. È buio. Non riesco a vedere il suo riflesso o il mio a quest'ora. Mi spoglio dei vestiti, trovando un paio di boxer puliti e una maglietta da mettere. Dormire nudo accanto a lei sarebbe troppo intimo stanotte.

Non che non abbiamo già fatto *quello*, ma non cambia il fatto che sono arrabbiato con lei.

«Mi hai mentito.»

Harper sospira e si siede di nuovo sul letto. La sua voce è più quieta, e dovrebbe rilassarmi, ma invece mi irrita.

«Ho sorpreso Ashton e Harper mentre... facevano cose.» Fa un gesto con le mani e indica la porta. «Giù nel corridoio.»

«Da quanto tempo?»

Si morde il labbro inferiore e fa una smorfia, distogliendo lo sguardo. «Da un po'.»

«Da. Quanto.» Il tono della mia voce diventa più irritato perché non risponde alla mia domanda.

«Da un po'. Era prima del nostro matrimonio ma dopo che ci siamo trasferiti in questa casa. Non conosco la data e l'ora esatte.»

Sta facendo la sarcastica con me? Sbuffo abbastanza forte perché mi senta. «Quindi, pensavi che tenermi dei segreti fosse una buona idea?»

Apre e chiude la bocca, forse decidendo come rispondere. Il suo silenzio riempie il vuoto tra noi. Alla fine, risponde quando continuo a fissarla, aspettando che mi dica la verità. «Non avrei dovuto acconsentire. È solo che... non sentivo che fosse mio compito dire qualcosa. Ho detto a entrambi che dovevano dirtelo.»

Borbotto e ringhio verso Harper. «Sì, beh, nessuno dei due ha deciso di farlo. Invece, ho dovuto scoprirlo alla festa, quando Nova ha annunciato il suo amore per Ashton.»

«Ha fatto cosa?» Gli occhi di Harper si spalancano.

«Ha proclamato che lo avrebbe sposato. Ironico, considerando che Ashton ha praticamente fatto la stessa cosa in quella maledetta casa e ha detto che avrebbe sposato te.»

Harper si strofina le tempie. «Ashton l'ha detto solo perché tuo padre aveva orchestrato il matrimonio. Voleva che tu fossi libero e che io fossi sposata nella famiglia per tenere la bocca chiusa riguardo a quel povero ragazzo.»

«Non è la stessa cosa.» Percorro avanti e indietro la camera da letto. Non riesco a stare fermo e certamente non posso sdraiarmi. «Ashton ha proclamato il suo amore per te molto prima che tu ed io ci fossimo dati anche solo il nostro primo bacio.»

«I-Io non so nemmeno cosa dire su questo, Luca. Non ho mai provato sentimenti per Ashton.» La sua fronte è corrugata, e più la guardo, più il mio corpo reagisce, desiderandola, bramando il suo tocco.

La sua voce è dolce, soave, ammaliante, come il canto di una sirena che mi attira verso di lei.

Lo rifiuto.

Continuo a camminare avanti e indietro, forzando la distanza tra noi perché è l'unica cosa che mi mantiene razionale e mi impedisce di cedere alla tentazione.

«Il mio punto è che Ashton non si innamora. Questa cosa con Nova esploderà, e quando succederà, vivremo tutti insieme. E allora?»

Harper scende dal letto, la maglietta larga sulle sue curve ma che pende appena sopra le cosce.

Appare tremendamente sexy e peccaminosa.

Inspiro bruscamente, cercando disperatamente di scacciare dalla mente i pensieri di Harper nuda, perché so che non indossa niente sotto quella maglietta.

«Mi dispiace di averti nascosto la verità su Ashton e Nova. Volevo che fossero loro a dirtelo. Ho detto loro che dovevano dirtelo...»

«E quando hanno rifiutato, avresti dovuto venire da me tu stessa. Sei mia moglie!»

Harper chiude momentaneamente gli occhi per un breve secondo ed espira dalla bocca. Sta cercando di rimanere calma. Posso percepire che la sto facendo innervosire, e sorrido maliziosamente, sapendo di avere questo potere su di lei.

«Posso anche essere tua moglie, Luca, ma tu non mi ami. Non l'hai mai fatto. Non puoi pretendere che io non ti tenga segreti quando tu ne tieni a me.»

Si avvicina a me, ma faccio un passo indietro, inciampando nella cassettiera contro il muro. Mi allontano da essa e sposto il mio peso, girandomi per stare lontano da lei ma anche per non essere spinto in un angolo o contro un muro.

«Quali segreti ti ho tenuto? Perché sono stato brutalmente onesto con te.»

La sua mano si allunga per prima, le sue dita mi sfiorano il braccio, e allontano bruscamente il mio corpo dalla sua portata. «Non farlo.»

«Non fare cosa?» chiede, la sua voce dolce e soave. È tutt'altro che innocente.

«Cercare di convincermi a perdonarti. Non posso perdonarti, Harper. Non lo farò. Non questa volta.» Il calore si avvolge attorno al mio cuore, e mi sposto ulteriormente dalla sua portata.

«Invece, mi odierai per sempre? Non era un segreto che spettava a me rivelare, Luca. Non parlerai mai più con tua moglie?» I suoi occhi tremolano, ed è ovvio che sta soffrendo. Odio essere la causa di quel dolore, ma lei ha causato il mio per prima.

Forse è infantile.

Dovrei perdonarla?

Non è lei quella che va a letto con mia sorella.

«Ashton non avrebbe mai dovuto toccare Nova,» ringhio, reindirizzando la mia rabbia verso di lui. Ma lui non è nella camera da letto.

Esco furiosamente dalla camera da letto e mi dirigo verso il corridoio. Se Nova e Ashton stanno condividendo un letto insieme, lo ucciderò.

«Luca, aspetta.» Harper si affretta a raggiungermi, la sua voce è un sussurro aspro. Mentre passo rapidamente davanti alla porta di Zeke, capisco perché sta mantenendo la voce bassa, e faccio una smorfia.

Non voglio rovinare le cose per Zeke.

Non voglio svegliarlo.

Non voglio diventare mio padre.

Sono sopraffatto.

Oppresso.

Ogni respiro diventa più pesante mentre ansimo in cerca d'aria. Sento l'orlo di un crollo imminente. Sto vacillando sul bordo del burrone, e tra poco, sarò in caduta libera nell'oblio.

Il suo tocco delicato è sulla mia schiena.

Harper.

Non mi allontano. Una piccola parte di me vorrebbe spingerla via, dirle di non toccarmi, di lasciarmi stare. Ma non mi muovo. Le mie gambe cedono sul pavimento, le sue braccia intorno a me, proteggendomi.

Ogni boccata d'aria sembra impossibile da prendere.

I miei polmoni lottano e bruciano mentre boccheggio e afferro l'aria con le labbra come se stessi annegando.

Il suo tocco è caldo. Confortante. Harper continua a massaggiarmi la schiena, tenendomi, cullandomi mentre il dolore mi avvolge completamente.

Le lacrime non si formano.

Non piango.

Ma il mio corpo è scosso dal dolore. Dal lutto. Dalla paura e dalla sofferenza innegabile. Ho visto troppo per mano di mio padre. Non voglio diventare lui, eppure sento i cambiamenti emergere.

Sto diventando il mostro che non ho mai voluto essere.

Il nemico è dentro di me.

Harper è silenziosa e immobile, le sue braccia intorno a me come una fortezza, dandomi forza, speranza e, più importante, amore.

Almeno è questa la sensazione, ma senza le parole sentimentali.

Mi bacia sulla tempia, mi tiene stretta a sé e mi accarezza la schiena con un movimento rassicurante che attenua il dolore nel mio petto.

Alla fine, riesco a respirare di nuovo.

Ogni respiro è mio, e mi sento sciocco a trovarmi rannicchiato sul pavimento, con le mani che toccano il suolo su cui camminiamo. Mi stacco dal suo abbraccio, il silenzio cala tra noi.

Non riesco a sostenere il suo sguardo.

Umiliazione.

Imbarazzo.

Tutto mi brucia dentro, ma il calore della rabbia si è dissolto.

Per ora.

Harper cambia posizione ma non dice nulla mentre mi alzo. Le sue mani sono sulle mie braccia mentre si alza con me, il suo tocco è l'unico filo che mi riporta a una dura realtà.

Il mio sguardo si fissa sulla sua mano sul mio braccio, ma non riesco a farla muovere, a spingerla via.

Non la abbraccio nemmeno.

Il silenzio aleggia pesante tra noi. Il suo tocco è solido, caldo e forte. C'è una tranquillità che solo lei sa portare, che trovo sia confortante che curiosa.

Finalmente rompe il silenzio, il suo respiro appena sopra un sussurro. «Andiamo a letto.»

Annuisco, e lei mi guida verso la nostra camera da letto in silenzio. Chiude la porta dietro di noi mentre io mi dirigo verso il letto, il mio cuore non più infuriato come lo era poco prima.

Un sollievo quieto e sereno mi pervade mentre mi arrampico sul letto.

Harper fa lo stesso, rimanendo dalla sua parte, e in silenzio allunga la mano verso i cuscini, l'unica regola che ho stabilito quando abbiamo condiviso il letto dopo la nostra ultima lite.

Sembra inutile ora, considerando quello che abbiamo fatto prima questa sera e stanotte, con lei che mi teneva stretto.

Non voglio i cuscini.

Non voglio il muro eretto tra noi.

Voglio *lei*.

Getto i cuscini extra sul pavimento.

Anche se apprezzo che mi dia spazio, non lo voglio più... né ne ho bisogno.

Tiro Harper contro di me, spingendo il mio ginocchio tra le sue cosce nude, la mia gamba trova il suo centro caldo.

Lei alza un sopracciglio, e anche nell'oscurità, posso vedere l'accenno di un sorriso sulle sue labbra. Il piacere che posso suscitare in lei con un tocco così semplice.

Farei qualsiasi cosa per questa donna, *mia moglie*.

Le mie labbra si schiantano sulle sue, le mie mani si posano fermamente sulle sue guance, tenendola stretta a me. Ho bisogno di lei. La desidero ardentemente.

Il mio corpo cerca calore e conforto, e Harper acconsente volentieri, separando le labbra per permettermi l'accesso.

I suoi occhi si chiudono, deliziandosi nella sensazione, e i miei si chiudono momentaneamente mentre la bacio, le mie labbra danzano dalle sue labbra giù per il collo, adorando ogni centimetro della sua pelle calda.

«Luca,» geme il mio nome, le sue dita strette nei miei capelli mentre trascina il mio sguardo verso il suo. «So che stai soffrendo. Non voglio approfittarmi di te se non è questo che vuoi.»

«Stai zitta e baciami,» rantolo, approfondendo il bacio, mettendola a tacere.

Ho bisogno di Harper.

Lei mi dà qualcosa che non posso ottenere altrove. Soddisfa un bisogno che non sapevo di avere, sepolto nel profondo di me.

La disperazione cede, e lei mi offre ogni parte di sé,

una, due, tre volte. Adoro il suo corpo come il tempio che è.

Ogni pezzo rotto di me torna intero quando sono con lei, anche mentre l'oscurità dentro di me minaccia di prendere il sopravvento. Sento quell'oscurità avvicinarsi, e lei è la luce che la allontana.

Il modo in cui mi tocca mi àncora, legando il mio cuore al suo. Non c'è nulla oltre noi due: solo calore, bisogno e desiderio. Lei è ciò che bramo, ciò di cui ho bisogno. Non c'è vita che valga la pena vivere senza di lei.

Tutto il resto svanisce, il dolore, i dubbi, il mondo fuori dal nostro abbraccio. Tutto ciò che sento è Harper, il suo battito cardiaco in sincronia con il mio, il suo respiro che si mescola con il mio, creando un ritmo che è nostro.

Ogni centimetro di lei è bellissimo e, cosa più importante, *mio*. Traccio la sua pelle con i polpastrelli, memorizzando ogni curva, ogni lentiggine, ogni magnifico dettaglio che è unicamente Harper.

I dolci sospiri e gemiti riempiono l'aria, il che mi

incoraggia ulteriormente. Il calore si accumula tra le sue cosce ad ogni colpo del mio cazzo.

I suoi gemiti e le suppliche inondano la stanza nell'estasi.

La connessione tra noi è elettrica, accendendo un fuoco che brucia qualsiasi incertezza residua. Lei è il mio conforto, il mio santuario, e non la lascerò mai andare.

Sono vicino, sull'orlo dell'abisso, bramando la sensazione di cadere con lei, insieme.

Lei è quasi lì con me. «Luca.» Il suo gemito è di disperazione e bisogno, che accelera ulteriormente il mio ritmo, facendo pulsare il mio cazzo mentre inseguo l'orgasmo con lei.

Le mie dita sfregano il suo clitoride, osservando il suo viso, studiando ogni linea e curva del suo corpo mentre i suoi fianchi si sollevano dal materasso, la schiena si inarca, le dita dei piedi si arricciano, tutto il suo corpo trema mentre le mani si aggrappano alle lenzuola.

Il suo interno freme e si stringe attorno al mio cazzo, la sensazione è travolgente, portandomi oltre il limite con lei. Faccio fatica a tenere gli occhi aperti, ma voglio vederla sciogliersi per me.

È più bella dell'aurora boreale in una notte d'inverno, più splendida di un'alba sulle vette della montagna più alta.

Rinuncerei a tutto per lei.

Brucerei il mondo intero se significasse mantenere lei e Zeke al sicuro.

Osservare il bagliore delle sue guance, il sorriso sulle sue labbra, il sussulto nel suo respiro mentre cerca di afferrare il suo orgasmo nella corsa verso l'oblio, è la visione più bella.

Si avvicina, baciandomi, le sue labbra dolci con sapore di ciliegie mentre la avvolgo tra le braccia, tirandola contro di me, e borbotto, rendendomi conto del mio errore. «Non abbiamo usato il preservativo.»

Non c'è paura nella sua voce, nessuna preoccupazione, il che mi fa esitare. «Va bene.» Le sue mani mi accarezzano le braccia. «Prendo la pillola.»

Il sollievo mi pervade, e anche se l'ho già sentita pronunciare quelle parole prima, c'è un senso di libertà nel sapere che non ci saranno altri piccoli in giro, almeno finché non saremo entrambi pronti.

QUATTORDICI

ASHTON

Il viaggio in auto di ritorno a casa avrebbe potuto essere esplosivo. La tensione era insormontabile, e Nova per lo meno mi ha ascoltato quando le ho sussurrato che avrebbe fatto meglio a sedersi davanti.

Fortunatamente, non ha discusso con me.

Luca irrompe in casa, sbattendo la porta della sua camera, rendendo chiaro che è ancora tremendamente arrabbiato con me.

Sembra giusto.

Non so cosa ci vorrà perché mi perdoni. Forse quando capirà che tengo davvero a Nova. Lei è più importante per me di qualsiasi altra ragazza con cui sia mai stato, e ce ne sono state parecchie in quella lista.

Posso capire perché è furioso.

È preoccupato per la sua sorellina.

Pensa che sia solo un'altra scopata, il che è ben lontano dalla verità.

Apprezzo la sua preoccupazione. Che ci crediate o no, se i ruoli fossero stati invertiti, avrei voluto prenderlo a pugni anch'io.

Per fortuna, Brooks e Liam hanno impedito che la mia faccia venisse distrutta e diventasse nera e blu. Devo un favore a entrambi.

Nova entra con disinvoltura nella mia camera. Stasera non fa nemmeno alcun tentativo di entrare di nascosto. Dall'espressione sul suo viso e dal modo in cui si muove mentre cammina, è ancora brilla.

Dannazione.

Io ho bevuto qualche drink stasera, ma Nova mi ha superato. Non ho contato esattamente quanti drink abbia preso, ma la ragazza beveva quel punch come se fosse succo di frutta e, beh...il liquore aveva un sapore dolce.

Nova sorride, sbattendo le sue lunghe ciglia verso di me, quegli occhi azzurro cielo mi ipnotizzano. «Sei arrabbiato con me?» chiede, la sua voce morbida, fragile, quasi infantile, il che mi fa riflettere sulla situazione.

«Certo che no.» Mi lascio cadere sul bordo del materasso, e Nova emette un profondo sospiro di sollievo.

«Bene.» Si avvicina, venendo a cavalcioni sui miei fianchi mentre si sistema sul mio grembo.

Le sue dita si intrecciano nei miei capelli, il suo respiro pesante di liquore, e non riesco a spingermi oltre stasera.

«Hai bevuto troppo.» Le lascio un dolce bacio sulla guancia, le mie mani sui suoi fianchi mentre la guido giù dal mio grembo.

Nova protesta con un gemito. «Non sono ubriaca.»

«Sei molto alticcia.» È la risposta più gentile che posso darle perché non c'è alcuna possibilità che stasera mi dia il suo consenso. E io ho bisogno di un consenso vero, entusiasta, non di un'accettazione entusiasta da ubriaca.

Dopo quello che è successo alla festa, non sono sicuro di dove siamo nella nostra relazione.

Mi piace.

Lei ha dichiarato il suo amore per me.

Beh, ha certamente gridato che vuole sposarmi un giorno, che equivale quasi a dirmi che mi ama. Nessuno di noi ha ancora usato la parola A.

Se io non fossi leggermente brillo e lei non fosse ubriaca, potremmo avere una conversazione genuina.

«Non sono ubriaca,» si lamenta Nova mentre mi sta davanti.

«Vieni,» dico, sperando di non fare un enorme errore mentre le prendo la mano e mi dirigo verso la porta della camera.

Silenziosamente, giro la maniglia; il cigolio della porta mi fa trasalire.

Non ho bisogno che Luca esca dalla sua camera, infuriandosi con me per essermi intrufolato nella stanza di Nova.

Anche se, tecnicamente, la starei accompagnando nella sua stanza, ma non credo che sarebbe contento lo stesso se la vedesse barcollare fuori dalla mia camera, ubriaca.

È uno scontro che preferirei evitare.

Mi porto un dito alle labbra, ricordando a Nova di stare zitta mentre attraversiamo furtivamente il corridoio e apro silenziosamente la porta della sua camera.

Non è particolarmente silenziosa con i suoi passi o il suo respiro, il che fa battere forte il mio cuore.

Luca mi ucciderà.

Lo sento giù per il corridoio, mentre fa una bella ramanzina a Harper.

Anche se mi dispiace per lei, in questo momento sono solo contento che non sia a me che sta urlando, perché so che non colpirebbe mai una donna, ma di sicuro prenderebbe a pugni me.

Riusciamo a intrufolarci nella stanza di Nova, e chiudo la porta il più silenziosamente possibile, ma il leggero clic mi fa immobilizzare per un momento.

Nessun segno di Luca.

Nessuna porta che sbatte o passi che rimbombano sul pavimento.

È troppo occupato a litigare con Harper per notare che sto riportando Nova nella sua stanza.

Posso respirare di nuovo.

Girandomi verso Nova, la vedo in piedi accanto al suo letto, con la testa inclinata, che mi aspetta diligentemente.

«Vieni a letto?» chiede, e il sorriso sul suo viso mi rende ansioso di accontentarla.

Ma non posso.

Non stasera.

Non mentre è ubriaca.

«Ti metto a letto,» dico, sperando che questo la soddisfi.

Nova geme, e giuro che il suono va dritto al mio cazzo. Il mio corpo risponde come fa sempre con lei, il che rende tutto maledettamente più difficile.

Non me la renderà facile, vero?

Nova tira indietro le lenzuola e senza cerimonie si spoglia completamente.

Cazzo.

Inspiro bruscamente.

Vorrei attraversare la stanza, coprire le sue labbra con le mie e prenderla.

Ma non posso, e in questo momento odio la mia vita.

Se Luca non fosse stato alla festa, le cose potrebbero essere diverse. Sarebbe comunque ubriaca, ma almeno saprei che mi vuole. Mi ha voluto quelle che sembrano migliaia di volte prima. Ma dopo quello che è successo, non posso esserne certo.

Ho bisogno di sentire dalle sue labbra che siamo a posto.

Che supereremo questo insieme.

Quella conversazione deve avvenire quando è sobria.

Quando avrà il tempo di decidere veramente se sono ancora quello che vuole dopo lo sfogo di Luca.

Perché non voglio creare una frattura tra lei e la sua famiglia.

«Vieni... a letto?» dice con un sorriso malizioso. Sa esattamente cosa mi sta facendo, i suoi seni turgidi che mi fissano, la sua figa che implora di essere assaggiata.

Ho la bocca secca.

Il mio cazzo pulsa per essere toccato dalla sua mano, dalle sue labbra, dalla sua figa stretta intorno al mio membro.

«Vieni a letto,» ordino.

Il sorriso è sempre presente sul suo volto mentre fa due passi indietro e si sdraia, aspettandomi.

Conosco la sua camera da letto come la mia. Apro il secondo cassetto e prendo un pigiama da farle indossare, portandolo al letto.

«Vestiti?» Il suo sorriso luminoso si trasforma rapidamente in una smorfia mentre fa il broncio.

«Nel caso Zeke irrompa nella tua stanza domattina.» L'aiuto a infilare le braccia nella canottiera, poi lei si mette da sola i pantaloncini del pigiama.

«Ti odio,» brontola contro di me.

Non prendo le sue parole sul serio. Non posso. Perché se lo facessi, mi brucerebbero, e non riuscirei mai ad addormentarmi stanotte.

«Sdraiati.» Spengo la luce della camera e poi mi siedo sul bordo del suo letto, il materasso che si abbassa sotto il mio peso mentre tiro su le coperte intorno a lei.

Sbuffa e si gira su un fianco, dandomi le spalle.

Non riesco a capire se è arrabbiata o sta fingendo perché l'ho fatta vestire. Non l'ho respinta intenzionalmente stasera, non nel modo in cui sicuramente sta facendo intendere.

Spero solo che stia recitando, che sia la solita testarda e non sia davvero arrabbiata con me.

«Fai spazio,» sussurro, e lei si sposta leggermente, concedendomi appena lo spazio necessario mentre mi rannicchio dietro di lei. Le coperte sono un ulteriore strato tra noi, ma stasera non mi dispiace.

Il mio braccio si appoggia sul suo fianco, il mio respiro contro la sua nuca mentre mi stringo al suo corpo come meglio posso.

«Sei proprio un provocatore,» mormora. «Vieni a letto con me. Prometto che non mordo.»

Rido sottovoce. «Io potrei.»

«Non lo farai. Sei tutte chiacchiere, specialmente stasera.»

Le mordicchio scherzosamente il collo, e lei ridacchia, i suoi fianchi che si muovono contro i miei.

Il calore aumenta, la stanza è più calda di diversi gradi. Devo fermarmi. Il suo cuore non è un gioco, e ho bisogno di un'altra doccia fredda.

«Dormi un po',» sussurro, baciandole la guancia, le mie braccia che la stringono più forte contro il mio petto.

«Difficile quando voglio fare sesso con te,» fa le fusa e si gira per guardarmi.

Non c'è un briciolo di tensione tra noi, il che almeno mi aiuta a rilassarmi, ma il fuoco sembra ancora ardere dentro di lei stasera.

E io vorrei disperatamente aiutarla, ma non posso.

Non lo farò.

«Sei brilla,» le ricordo. È più che leggermente brilla, ma sto cercando di essere gentile e di non farle sentire che la sto rifiutando di nuovo. «Non puoi dare il consenso.»

«Sì che posso,» brontola e mi spinge giù dal letto. Il sorriso cresce sul suo viso quando colpisco il pavimento, poi inizia a ridere, con il petto che vibra per la risata.

I miei occhi si spalancano, mentre prego che Luca non irrompa nella sua stanza in questo momento, perché non c'è modo che non abbia sentito il mio culo colpire il pavimento.

Nova mi sorride raggiante. «Do il mio consenso a che tu dorma con il tuo stupido culo sul mio pavimento mentre io mi scopo con il mio coniglietto.» Allunga la mano verso il comodino e lo apre.

Dio aiutami.

Accende il giocattolo, e il ronzio riempie il suono della stanza.

Lo porta sotto le lenzuola, gemendo il mio nome, e non ce la faccio più.

Balzo dal pavimento, barcollando all'indietro verso la porta. Voglio guardarla toccarsi, persino darle una mano, ma non posso. Non stasera.

«Torno in camera mia.» Mi sento un codardo mentre cammino all'indietro, la schiena che tocca delicatamente la porta, e sgattaiolo fuori tornando nella mia stanza.

È impossibile dormire, sapendo ciò che Nova sta facendo proprio dall'altra parte del corridoio.

E anche se non posso sentire il suo coniglietto vibrare e roteare, so che quel dannato giocattolo la sta scopando.

Voglio essere io quello che mette il cazzo tra quelle dolci labbra della sua figa e lo spinge dentro di lei.

Mi lascio cadere sul letto, il mio corpo alimentato da calore e vapore. Una doccia fredda sarebbe una buona idea, ma potrebbe anche svegliare Luca.

Vaffanculo.

È tardi. Speriamo che ormai sia a letto, addormentato, e che mi lasci in pace.

Mi dirigo silenziosamente verso il bagno, chiudo la porta a chiave, accendo la ventola e apro la doccia fredda al massimo. Il mio cazzo pulsa mentre mi spoglio, e non riesco a impedirmi di accarezzarlo.

Sapere che lei è a due porte di distanza, dandosi piacere, mi fa accelerare il battito. Si sta scopando, immaginando che quel dannato giocattolo sia io.

Sono la sua fantasia.

È sufficiente per farmi diventare duro come il marmo, e voglio trovare sollievo stanotte.

Al diavolo la doccia gelida.

Giro il rubinetto su caldo, e il vapore inizia a riempire il box doccia.

Mi metto sotto il getto caldo, lasciando che scenda sulla mia schiena mentre mi masturbo, gli occhi chiusi, immaginando le sue labbra, la sua lingua, la sua bocca che prende ogni centimetro di me.

Cazzo.

Non ci vuole molto prima che sia sul punto di venire, e cazzo, sono pronto a lasciarmi andare. Non c'è bisogno di resistere, di prolungare il momento e torturarmi.

Il mio respiro esce in raffiche acute, il suono che si mescola con l'acqua della doccia che batte sulla mia schiena.

Il calore travolge i miei sensi mentre il mio cazzo pulsa nella mia mano, e con una mano raggiungo la parete della doccia, tenendomi dritto, mentre immagino che sia la sua bocca a portarmi oltre il limite, ingoiando ogni goccia che ho da offrire.

Il mio corpo si tende e trema mentre il calore si avviluppa nel basso ventre. Il pensiero di Nova che si tocca mi spinge ancora di più, rendendo il dolore più intenso. Mi mordo il labbro inferiore, costringendomi a rimanere in silenzio, non volendo che nessuno senta il mio bisogno disperato.

Il getto della doccia diventa freddo mentre finisco, costringendomi a chiudere l'acqua mentre ansimo forte, cercando di riprendere fiato.

È appena sufficiente per soddisfare il bisogno che Nova suscita dentro di me, ma dovrà bastare per stasera.

Nelle prime ore del mattino, mi muovo e mi metto a sedere sul letto quando si apre la porta della mia camera.

Do un'occhiata all'orologio. Sono pochi minuti dopo le sette di questa mattina, e il sole sorgerà presto. In questo periodo dell'anno, non sorge fino a quasi le 7:45. Riconosco quella silhouette ovunque.

Nova.

«Posso entrare nel letto con te?» La sua voce è esitante, e io tiro indietro le coperte, sentendo una fredda folata d'aria.

Nova si infila nel mio letto, e le mie braccia la avvolgono istantaneamente mentre chiudo gli occhi, ma non credo che riuscirò a riaddormentarmi.

Ho meno di venti minuti prima che la sveglia mi faccia alzare. Questa mattina non ho allenamento di hockey, dato che abbiamo giocato ieri sera, il che mi ha permesso di dormire un po' di più.

Lei mi avvolge con le braccia; sono fredde, e il suo corpo mi fa correre un brivido lungo la schiena.

«Sei gelata.» La stringo più vicino, le mie gambe si

intrecciano con le sue nel tentativo di scaldarla sotto il calore delle coperte.

«È colpa di questo pigiama» dice con un sorrisetto, appoggiando la testa sul mio cuscino, condividendolo mentre poggia la sua fronte contro la mia. «Stiamo bene?»

Un lieve sorriso mi tira le labbra. Le mie mani afferrano la sua vita, tenendola più stretta possibile, se questo può essere un'indicazione dei miei sentimenti per lei. «Io sto bene.» Inspiro il suo profumo inebriante e chiudo gli occhi.

«Svegliati, dormiglione.» Fa scorrere le dita tra i miei capelli, giocando con le ciocche.

Sbadigliando, sorrido, adorando quando mi tocca; mi accarezza con tanta naturalezza che sembra normale e confortevole. «Sono sveglio.»

«Sì, certo.» Posso sentire il sorriso nella sua voce.

Apro gli occhi pigramente, fissando i suoi grandi occhi azzurri da cerbiatta.

«Stiamo bene?» mi chiede di nuovo.

«Come ti senti riguardo al fatto che Luca abbia scoperto di noi?» le chiedo, percependo la sua preoccupazione. Il fatto che mi abbia chiesto due volte se stiamo bene mi fa temere che forse non sia così.

Lei emette un pesante sospiro, guardando nel vuoto. «Stressata. È mio fratello, gli voglio bene, ma a volte vorrei strangolarlo. Capisci?»

Sorridendo e ridendo dolcemente, annuisco. «Oh, capisco.» Mi avvicino, premendo le labbra sulla sua fronte, offrendole un bacio rassicurante sulla pelle.

Lei si stringe ancora di più a me, se possibile, avvolgendo le braccia attorno alla mia vita. «Non voglio che lui si metta tra noi, ma non voglio nemmeno mettermi tra voi due. Siete migliori amici. Compagni di squadra.» Le rughe di preoccupazione le segnano il viso, e sento l'ansia come un macigno nello stomaco.

«Credo che entrambi dobbiamo trovare il tempo per parlare con lui.»

«Separatamente o insieme?» chiede Nova.

«Tu lo conosci meglio di me.» Sarà anche il mio migliore amico, ma sono cresciuti insieme.

«Vai in macchina con lui a casa di mamma e papà questo fine settimana per Dante?» chiede Nova.

«A meno che non mi abbandoni costringendomi a prendere l'autobus, questo era il piano.» Non so cosa intenda fare Luca dopo le lezioni. Dovremmo andare insieme, ma per quanto ne so, potrebbe lasciarmi sul ciglio della strada. Non sarebbe la prima volta.

«Parlerò con Luca prima che esca per le lezioni, magari posso fare colazione con lui. Poi, puoi parlargli tu in macchina durante il viaggio?»

«Sembra che tu abbia già pensato a tutto» sussurro, lasciandole un bacio leggero sulle labbra. Non sono sicuro che parlare con Luca durante il viaggio verso casa di Dante sia l'idea migliore, ma tengo per me questo dettaglio. Non ha senso turbare Nova o preoccuparla. Troverò il tempo di parlare con Luca questo fine settimana, senza dubbio.

«Non è affatto vero.» Il labbro inferiore di Nova è imbronciato, e mi sporgo per baciarlo. «Andrà tutto bene. Noi andremo bene.» Voglio che sappia che non ho intenzione di andarmene.

«E se Luca non accettasse la nostra relazione, cosa succederebbe?»

«Non è un'opzione. È tuo fratello. È il mio migliore amico. Dovrà solo vedere quanto stiamo bene insieme.» Cerco di sembrare convincente, ma quel pensiero mi ha attraversato la mente per tutta la notte, rendendomi irrequieto e causandomi strani sogni.

La tiro sopra di me, adorando la sensazione del suo peso che preme su di me. Di solito preferisco dominare, ma in questo momento, averla sopra di me mi dà conforto.

Lei si mette a cavalcioni sul mio bacino e mi afferra le mani, inchiodandomi contro il materasso. «Spero di non averti spaventato alla festa.»

Sinceramente, non ero sicuro di cosa ricordasse esattamente, considerando quanto aveva bevuto.

«Non potresti mai spaventarmi.» La guardo, sentendo il respiro bloccarsi in gola.

Nova si china e mi bacia. Mi sciolgo nel suo bacio, il suo corpo caldo mi fa venire i brividi mentre muove i fianchi e si struscia contro di me, approfondendo il bacio.

Cazzo.

Interrompo il bacio. Per quanto lo voglia, e cazzo quanto lo voglio, devo alzarmi tra meno di cinque minuti per andare a lezione, e lei deve parlare con Luca. Non abbiamo bisogno che lui irrompa e ci veda fare cose indecenti. È già abbastanza brutto che Harper sia entrata e abbia visto quello che ha visto.

«Stasera» sussurro, baciandola e ribaltando le posizioni, inchiodandola sotto di me. Lei mormora mentre le mie labbra le segnano il collo.

«Devi stare con Luca stasera. A casa dei miei genitori.»

Borbotto, ricordando la nostra discussione di poco prima, che sarei andato con Luca. Com'è stato facile dimenticare tutto mentre la baciavo.

«Cazzo, odio quando hai ragione.» Le lascio un bacio veloce sulle labbra.

«Ho sempre ragione.» Nova sorride orgogliosa, le sue mani sulla mia schiena, abbracciandomi. Le sue dita iniziano a tracciare un disegno leggero, danzando sulla mia pelle.

La sveglia ci fa sobbalzare entrambi, e lei brontola, scendendo da me, sapendo che è ora che entrambi ci alziamo. Abbiamo lezione insieme alle nove, il che dà a Nova tutto il tempo per fare colazione con Luca e cercare di parlargli prima che io rimanga bloccato in macchina con lui.

QUINDICI

NOVA

Mi vesto velocemente e prendo i libri per le lezioni, assicurandomi di avere tutto per non dover tornare a casa.

Uscendo dalla mia stanza, entro in cucina con passo tranquillo. Zeke sta facendo colazione, infilandosi in bocca cucchiaiate di cereali secchi, mentre Harper sta dando un'occhiata a uno dei suoi libri di testo mangiando una barretta proteica.

«Buongiorno,» dice Harper, con un leggero sorriso sulle labbra quando alza lo sguardo verso di me. Non riesco a capire se lei e Luca stanno ancora litigando o no. Non è particolarmente allegra, ma non sembra nemmeno abbattuta.

«Buongiorno. Luca è ancora in giro? Speravo di parlargli stamattina.»

«Sta facendo colazione alla mensa. È uscito circa cinque minuti fa.»

«Cercherò di raggiungerlo.» Mi metto la borsa a tracolla, mi affretto a infilare le scarpe e il cappotto, ed esco.

Fortunatamente, stamattina fa più caldo di ieri. Il marciapiede è sgombro, e prendo una scorciatoia attraverso il giardino del vicino affrettandomi ad attraversare il campus. In meno di dieci minuti, sono alla mensa, leggermente senza fiato per aver corso. Non sono esattamente fuori forma; sono i dieci chili sulla schiena, o almeno così sembrano, che rendono più difficile correre.

Riprendendo fiato, entro nella mensa, mi guardo intorno e vedo Luca che prende posto a un tavolo da solo. Mi affretto a prendere qualcosa da mangiare e poi porto il vassoio verso di lui, sperando che mi permetta di unirmi. «Questo posto è occupato?»

Luca alza lo sguardo dalla sua colazione, con un pezzo di bacon in mano. Ne prende un morso e si guarda intorno. Sta cercando Ashton?

«Sono solo io.» Non aspetto che mi dica che posso sedermi con lui. La domanda era più per educazione che altro. Appoggio il vassoio di fronte a lui sul tavolo e tiro fuori la sedia, accomodandomi.

«Bene.» Prende un altro morso, ma giuro che ha la mascella così stretta che rischia di scheggiarsi un dente o due.

«Mi dispiace che non te l'abbiamo detto prima.» Spero che le mie scuse bastino per ammansirlo. L'irritazione si sprigiona da lui come vapore bollente.

È ancora furioso.

«Avreste dovuto dirmelo, ma non ce l'ho con te.» Luca prende il bicchiere di succo d'arancia e ne beve un sorso. «Ce l'ho con Ashton.»

Espirando, sospiro e faccio un lieve cenno col capo. «È comprensibile. È il tuo migliore amico.» Sto cercando un modo per appianare le cose, ma ho la sensazione di aver appena gettato benzina sul fuoco per quanto riguarda Ashton.

«*Era* il mio migliore amico. Ora è solo un compagno di squadra.» Luca posa con forza il bicchiere di succo, facendone schizzare un po' sul tavolo. Per fortuna il bicchiere non si rompe.

Non oso chiedere se è arrabbiato anche con Harper. Era evidente ieri sera quando ha scoperto il suo tradimento che si è affrettato a tornare a casa.

Un altro litigio tra loro.

Non so quanto possa durare il loro matrimonio se litigano costantemente. Sembra che sia l'unica cosa che fanno, con Luca arrabbiato con Harper per qualche segreto che lei ha tenuto.

Suppongo che in questo caso sia anche un po' colpa mia.

Devo sapere. Non sapere mi sta uccidendo. «E Harper?»

Il suo sguardo scatta verso di me. «Cosa c'è con lei?» C'è preoccupazione nel suo tono, e questo mi fa alzare un sopracciglio.

«Sei ancora arrabbiato con lei?»

«Quel che succede tra me e Harper non ti riguarda, Nova.»

Non posso fare a meno di ridere amaramente alle sue parole. «Hai ragione. Harper e la tua relazione non sono affari miei, proprio come Ashton e io insieme non abbiamo niente a che fare con te.»

Il suo sguardo si fa più teso, rendendosi conto di quello che ha detto, e ascoltandomi, non è esattamente quello che si aspettava. Si appoggia allo schienale della sedia, fissando il suo cibo. Penso di avergli fatto perdere l'appetito.

Io ho ancora fame. Mangio le mie uova strapazzate e prendo un pezzo di toast dal mio piatto, masticandolo mentre aspetto che Luca dica qualcosa.

«Il mio problema non è con te, Nova.»

Non sta andando esattamente come avevo pianificato. In effetti, temo di aver peggiorato inconsapevolmente le cose per Ashton.

Merda.

«Non devi litigare con Ashton. Non c'è motivo, Luca. Siamo entrambi adulti. È stato buono con me. Ashton è dolce, gentile; è un perfetto gentiluomo.»

«Difficilmente,» grugnisce Luca. «Hai visto come tratta le ragazze con cui va a letto? Una volta e basta.»

«Questo era prima di noi.» Odio difendere il suo comportamento. Ho visto come trattava le donne. Non sono ignara del fatto che sia andato a letto probabilmente con la maggior parte delle matricole e forse anche con alcune del secondo anno. «Le ragazze gli si buttavano addosso. Le ho viste fare lo stesso con te.»

«Ma non mi vedi saltare a letto con loro e poi sbatterle fuori dalla porta dopo.»

«Non puoi dirmi che non l'hai mai fatto.» Non sono un'idiota. So che Luca ha avuto la sua buona dose di avventure di una notte. Non m'importa di quello che ha fatto lui o Ashton, solo di ciò che fa adesso.

«Il mio passato non ti riguarda.» Lo sguardo di Luca si restringe, e spinge leggermente in avanti il vassoio, chiaramente ha finito. Non ha mangiato quanto farebbe di solito. È ovvio che l'ho turbato, ma non so nemmeno come sistemare questo pasticcio.

«Senti, non voglio che nulla si frapponga tra te e Ashton. Siete migliori amici. Questo non dovrebbe cambiare.»

«Non avrebbe dovuto scoparsi mia sorella!»

Alcune teste si girano, e sono quasi pronta a pugnalarlo con la forchetta se non abbassa la voce. «Stiamo solo provando le battute per il corso di teatro!» grido a chiunque ci stia guardando.

Luca solleva un sopracciglio ma mantiene la voce più bassa, più quieta, dandoci un po' di privacy. Sembra che nemmeno lui voglia che l'intera scuola sappia i fatti nostri. Anche se chiunque fosse alla festa è già al corrente di tutto e, francamente, l'intera squadra di hockey conosce già il dramma. «Non voglio litigare con te, Nova.»

«Allora non farlo.» Lo fisso negli occhi, volendo che faccia pace con quello che sta succedendo.

«Va bene. Tu e io siamo a posto.» Il suo tono dice il contrario.

«E Ashton?» Non posso fare a meno di sentire le farfalle nello stomaco.

Sbuffa e incrocia le braccia sul petto. «Farà meglio a guardarsi le spalle questo fine settimana.»

SEDICI

LUCA

Ancora non posso credere che mia sorella minore e il mio migliore amico stiano insieme di nascosto. Non basta che io abbia avvertito tutti i giocatori della squadra di hockey di starle lontano, ma il mio migliore amico ha dovuto pugnalarmi alle spalle andando a letto con lei e poi mantenendo il segreto.

Di tutti i ragazzi della squadra, il passato di Ashton è ciò che mi fa arrabbiare di più riguardo a tutta questa storia.

O forse è il fatto che siamo così uniti e lui ha scelto di non dirmelo.

Ha avuto molte opportunità per confessare.

No, invece, ha dovuto aspettare finché Nova si è ubriacata e ha fatto un grande annuncio.

Si è messa in imbarazzo.

E mentre non sono felice che Harper mi abbia nascosto la verità, capisco che potesse sentire che non era un segreto che spettava a lei rivelare.

L'ho perdonata.

Ho perdonato Nova in parte. È giovane, sciocca e non è mai stata innamorata. È appena diventata adulta; ha appena compiuto diciotto anni. Lei ha una scusa.

Non c'è assolutamente nessuna scusa per Ashton.

Non ha dato ascolto al mio avvertimento.

No, ha deliberatamente scelto di scoparsi mia sorella minore e poi mentire al riguardo. Se fosse un uomo, avrebbe confessato immediatamente dopo che è successo, mi avrebbe detto la verità, avrebbe ammesso di essere andato a letto con lei.

Forse avrei potuto perdonarlo.

È la menzogna.

Il tradimento.

Il fatto che viviamo sotto lo stesso tetto e per mesi ha mantenuto il segreto, come se lei non fosse abbastanza per dire a tutti che stavano insieme.

Questo mi disgusta.

Nova merita di meglio.

Mia sorella minore merita un uomo che gridi dai tetti che gli piace, che voglia stare con lei.

Chiaramente, quello non è Ashton.

Dopo le lezioni, torno a casa per aiutare con la cena. Harper è già in cucina, e Zeke sta sbattendo pentole e padelle extra, fingendo di aiutare mentre è seduto sul pavimento.

«Ti va se mi occupo io della cucina?» offro, lasciando che lei si prenda cura di Zeke.

«Sei sicuro? Ho quasi finito con la preparazione. Deve solo andare in forno.» Sta tagliando le patate, e le carote baby sono già tagliate a metà. C'è il pollo in una specie di glassa, e sta mettendo le patate e le carote su un vassoio separato. Dà un'occhiata al libro di cucina, seguendo la ricetta, che sorprendentemente sembra essere simile a quel che sta facendo

«Avremmo potuto semplicemente mangiare al campus stasera.» Le do un rapido bacio sulla guancia. Non l'ho mai vista cucinare prima, ma mi piace davvero questo suo lato.

«Lo so, ma ultimamente abbiamo cenato con la tua famiglia il venerdì sera. Ho pensato che potrebbe essere bello provare a cucinare una vera cena invece di mangiare le solite cose alla mensa. Spero solo che venga bene.»

«Non sono preoccupato. Ha un bell'aspetto.»

«Avrà un aspetto migliore quando sarà pronto nel forno.» Mette prima le verdure e imposta il timer sul fornello.

«Cosa posso fare per aiutare?» chiedo.

«Ti dispiacerebbe guardare Zeke per un po'? Lo avrò tutto il weekend. Sarebbe bello avere qualche minuto di pausa.»

Le parole mi escono prima ancora di pensare a quello che sto dicendo. «Potresti venire con noi e stare dai miei genitori questo weekend. Hanno una stanza per Zeke. Mamma potrebbe aiutarti con lui? Lo adora.»

Harper inspira bruscamente e forza un sorriso. Vedo l'esitazione, e dovrei sapere che è meglio non suggerire di andare dai miei genitori.

Sono mafiosi.

Pericolosi.

Letali.

Anche solo suggerire che lei venga a stare là è una pessima idea.

«Mi dispiace,» faccio una smorfia. «Non stavo pensando.»

Il sorriso forzato di Harper si indebolisce, e fa un passo avanti. Alzandosi in punta di piedi, mi dà un bacio sulle labbra. «Apprezzo l'offerta, ma devo rifiutare. Resterò qui questo weekend.»

«Sarà tranquillo; ci saranno solo Nova, Liam e voi due.» Faccio un cenno verso Zeke.

Lei sorride e scuote la testa. «Niente è tranquillo con questo ragazzo.» Chinandosi, Harper prende Zeke tra le braccia, riempiendolo di baci.

Lui la spinge via e poi tende le braccia verso di me.

Esito, non perché non adoro il bambino, ma perché ho paura di affezionarmi troppo. È il figlio di Harper. Non voglio fargli male.

Ci sono flash che mi vengono in mente, ricordi di mio padre, e mi vedo sempre più simile a lui. Non voglio essere come Dante, e certamente non voglio far del male a Zeke. Ma essendo costretto a lavorare per l'uomo che ho disprezzato per tutta la vita, come posso non diventare lui?

«Luca?» La voce di Harper mi scuote mentre vede Zeke che cerca di raggiungermi e la mia esitazione.

Questa volta sono io a forzare il sorriso mentre lo prendo tra le braccia. «Prenditi una pausa. Ci penso io.»

La sua fronte si corruga mentre accarezza la schiena di Zeke. «Sei sicuro? Se è troppo, posso riprendermelo.»

Ridacchio. «Non credo che il bambino venga con la ricevuta di reso.»

Il suo naso si arriccia, e Harper sorride. Questa volta, è genuino.

Amo la sua risata. Adoro quel sorriso con la fossetta sulla guancia sinistra. I suoi occhi scuri brillano, e giuro che ci sono pagliuzze dorate che luccicano alla luce del sole che filtra dalla finestra.

«Siamo decisamente oltre la finestra di restituzione,» scherza Harper e poi arriccia il naso all'odore che proviene dal piccolo uomo tra le mie braccia. «Oh, no. Pannolino da cambiare. Ecco, lascia che lo prenda io.»

Zeke ridacchia come se fosse orgoglioso dell'odore che emana. È disgustoso, ma quando mai *quello* ha un odore piacevole?

«Va bene. So come cambiare un pannolino. Me ne occupo io.» Porto Zeke nella sua stanza, e Harper mi segue.

«Sei sicuro?» mi chiede, osservandomi dallo stipite della porta.

Non si fida di me con Zeke?

Non potrei biasimarla.

Metto Zeke sul fasciatoio e gli cambio velocemente il pannolino.

Il fornello emette un segnale acustico, e Harper ci lascia soli mentre finisco di cambiare il pannolino prima di portarlo in bagno per potermi lavare le mani.

«Hai lasciato il pannolino nella sua camera?» mi chiede Harper dal bagno. Ho lasciato la porta aperta, e lei è già addosso a me come se fossi incapace di gestire un semplice cambio di pannolino.

Sarei infastidito se fosse chiunque altro.

«È nel cestino dei pannolini. So come prendermi cura di Zeke.» Gli bacio la fronte, e lui si dimena per allontanarsi da me, volendo scendere. Gli appoggio delicatamente i piedi a terra, e lui schizza via, con le braccia aperte, correndo intorno come un piccolo mostro.

«Drago! Roar!» strilla Zeke con una risata, correndo per il soggiorno. Sebbene le sue parole non siano perfettamente chiare, ho imparato a decifrare la maggior parte dei suoi balbettii nelle ultime settimane.

Nova fa capolino dalla sua camera. «Il piccolo drago sta bene?»

«Sta benissimo!» grida Harper sovrastando il ruggito del piccolo drago che corre selvaggiamente. «Scusa per il rumore.»

Nova sta studiando da ore o, più probabilmente, mi sta evitando. Va bene così; sto partendo per andare da Dante. Lei avrà la casa per tutto il fine settimana e, fortunatamente, Ashton sarà con me, così non dovrò preoccuparmi che loro due combinino qualche guaio.

Ashton non è ancora tornato a casa. Mi aspetto che tornerà in tempo per la partenza. Ci siamo scambiati alcuni brevi messaggi, con lui che riconfermava di avere un passaggio per stasera.

Mi sento generoso.

Non lo farò andare a piedi o prendere l'autobus.

«Ho preparato cena per tutti, sei la benvenuta a unirti a noi quando è pronta,» dice Harper, invitando Nova a cenare con noi.

Quando il timer suona di nuovo e questa volta la cena è pronta, Nova emerge dai suoi libri e si dirige al tavolo per la cena.

«Grazie. Questo profumo è fantastico. Molto meglio dei bastoncini di pollo della mensa.»

Ci sediamo tutti, tranne Ashton, per la cena. Probabilmente lui è alla mensa. Liam si unisce a noi, anche se è un po' più silenzioso del solito. Presumo che anche lui sapesse di Nova e Ashton e stia cercando di mantenere la pace o almeno di restare nelle mie grazie.

La cena è deliziosa. Non vorrei alzarmi dal mio posto a tavola, ma sento la porta d'ingresso e guardo l'orologio. È ora di andare da Dante. Anche se non inizieremo alcun allenamento questa sera, probabilmente cominceremo presto domani mattina.

Preferirei dormire nel mio letto con Harper e svegliarmi molto presto per guidare fino a lì, ma non è un'opzione. Dante ha chiarito che si aspetta che io rimanga nei fine settimana, a meno che non ci sia una partita di hockey.

Odio giocare le partite del giovedì.

Significa fine settimana più lunghi e più tempo per imparare i segreti della mafia.

Ho padroneggiato il poligono di tiro, che non era la cosa peggiore del mondo. Ma sapere che devo imparare a usare una pistola, a sparare a qualcuno... questo lo trovo molto più inquietante.

Do un bacio d'addio a Harper e bacio Zeke sulla guancia prima di prendere il mio borsone per il weekend e uscire.

Fuori fa freddo, l'aria pungente mi permette di vedere il mio respiro mentre camminiamo verso la macchina.

Ashton non dice nulla.

Nessuna scusa.

Nessuna parola.

È silenzioso, il che mi irrita ancora di più.

Lancio la mia borsa sul sedile posteriore. Ashton fa lo stesso, e poi saliamo in macchina.

Guidiamo, la radio accesa, l'unico rumore tra noi.

Non tenta nemmeno di spiegarsi. Anche se non sono sicuro che lo ascolterei, comunque.

Ho preso la mia decisione; sono furioso con lui.

Si merita la mia ira per quello che ha fatto.

Viaggiamo in silenzio per tutto il tragitto fino al complesso. Digito il codice al cancello d'ingresso, e la recinzione in ferro battuto si apre.

È lenta, ci vogliono diversi secondi lunghi e tormentati prima che io prema sull'acceleratore e parcheggi davanti all'entrata.

Uscendo dalla macchina, Dante ci accoglie, cosa che trovo piuttosto insolita.

«Luca,» dice, e c'è un sorriso sul suo volto, ma non ci casco.

Non è mai felice di vedermi. Sono il figlio che vorrebbe non aver mai avuto. Sono sicuro che se mamma fosse rimasta incinta di un altro figlio, lui sarebbe stato felicissimo di poterlo manipolare e controllare, farne l'erede dell'impero Ricci.

Non sono io quello, eppure, eccomi qui, costretto a lavorare sotto Dante.

«Entrate, abbiamo parecchio di cui discutere.» Dante ci fa cenno di seguirlo mentre sale i gradini d'ingresso e apre la porta, concedendoci l'accesso al complesso.

Lascio la mia borsa appena dentro la porta, mi tolgo le scarpe e il cappotto invernale. La casa è molto calda, un po' troppo per i miei gusti. Praticamente come se fossi all'inferno. Forse lo sono. Dante è il diavolo.

«Pensavo che avremmo iniziato a lavorare domattina.» Ashton è proprio alle mie calcagna e si mette al mio fianco, posando la sua borsa dal lato opposto della porta prima di appendere il cappotto e togliersi le scarpe.

«Ho una missione di ricognizione e, sfortunatamente, questi tipi di lavori avvengono sotto la copertura della notte.» Dante ci conduce più all'interno della casa, nel suo ufficio.

Ashton e io entriamo. Lo guardo appena, la tensione è palpabile tra noi.

«Parlaci dell'incarico.» Ashton è il primo a parlare, per nulla riluttante a iniziare una missione.

Finora, non sono stato costretto a fare molto. Imparare a sparare non era esattamente un compito divertente, ma non stavo uccidendo nessuno. Colpivo un bersaglio. Adesso sono piuttosto bravo, ma spero che questo non farà parte della nostra prossima missione.

«Come sapete, controlliamo un certo territorio. Qualcuno sta contrabbandando merce appena fuori dal Blue Sky Resort.» Dante tira fuori una mappa sul suo telefono, mostrandoci la posizione. «Questa strada sterrata viene usata raramente, specialmente in inverno. Bene, è venuto fuori che è lì che si trova la loro operazione. Alla fine della strada, c'è un vecchio edificio che è stato chiuso. Ho bisogno che entrambi facciate un lavoro di sorveglianza, scattiate alcune fotografie, scopriate esattamente cosa stanno contrabbandando. Si tratta di droga o armi? Devo sapere il più possibile, quanti uomini ci sono, riportatemi i dettagli. Potete occuparvene?»

«Sì, signore.» Ashton è pronto ad accettare di aiutare.

«Sì, possiamo occuparci della sorveglianza. C'è un posto dove dovremmo nasconderci?» Dato che non conosciamo il terreno, non vorrei venissimo scoperti.

«Non ho abbastanza informazioni per aiutarvi con questo, restate semplicemente fuori dalla vista. Spegnete i fari dell'auto, parcheggiate e nascondete il veicolo, se necessario, e proseguite a piedi per il resto del tragitto. Sono sicuro che entrambi potete usare la testa e capire il modo migliore per ottenere informazioni. La consegna avviene intorno a mezzanotte. Siete congedati.»

Dante consegna ad Ashton una cartella con le informazioni. Non c'è molto, ma contiene i dettagli delle informazioni che Dante sta cercando, e c'è uno spazio per annotare quante più informazioni possibili.

Usciamo dal suo ufficio e recuperiamo le nostre scarpe e cappotti, tornando in macchina.

Anche se non è ancora vicino a mezzanotte, sicuramente non vogliamo presentarci con i fari accesi, il motore rombante, e avvisare tutti della nostra presenza.

«Dante ci ha dato qualcosa in quel fascicolo?» La mia attenzione è sulla strada, dove almeno non sta nevicando stasera. Fa freddo, abbastanza gelido da vedere il respiro all'esterno.

Ashton sfoglia le pagine.

«Non molto. Principalmente, è ciò che vuole che compiliamo.»

Premo il pulsante sulla portiera della macchina e abbasso il finestrino.

«Fa un freddo del cazzo!» Ashton mi lancia un'occhiataccia. Allunga la mano verso il riscaldamento, aumentando la temperatura nell'auto.

Ghignando, afferro la cartella dalla sua mano e la lancio fuori dal finestrino.

«Sei completamente pazzo? Ne abbiamo bisogno.»

Premo il pulsante sulla portiera, alzando di nuovo il finestrino. «Non siamo qui per prendere appunti del cazzo per lui. Sorveglieremo e ce ne andremo. Non è un compito scolastico.»

Ashton borbotta sottovoce.

«Cosa hai detto?» Lancio un'occhiata nella sua direzione.

Incrocia le braccia sul petto. «Sei uno stronzo da quando hai scoperto che sto frequentando Nova.»

Una risata cupa ribolle e mi sfugge dalle labbra. «Pensi che sia *questo* il motivo per cui sono arrabbiato con te?»

Ashton si agita sul sedile anteriore. «Non è così?»

«Hai infranto l'unica regola fondamentale che avevo riguardo a Nova e poi hai continuato a mentirmi per mesi!» Tengo lo sguardo fisso sulla strada, ma vorrei fermarmi, buttare fuori Ashton, lasciarlo a cavarsela da solo.

«Nova è abbastanza grande da prendere le proprie decisioni. Non è più una bambina, e devi smettere di trattarla come tale.»

«Non la sto trattando come una bambina. Ha appena compiuto diciotto anni. Hai almeno aspettato che fosse maggiorenne o stavi...»

Mi interrompe. «Non ho toccato tua sorella finché lei non ha acconsentito.»

«Non hai risposto alla mia domanda.» La mia mascella si serra.

«Aveva diciotto anni. Giuro che non le ho mai messo un dito addosso finché non ha raggiunto la maggiore età.»

«Non rende comunque la cosa migliore,» borbotto e lo fisso. «Eri stato avvertito di starle lontano!»

«Non posso controllare i miei sentimenti per Nova. Sì, hai detto a tutti nella squadra che non era una ragazza con cui scherzare. I miei sentimenti per lei sono autentici. Usciamo insieme tutto il tempo; l'hai visto, il flirtare, le altre cose, si è sviluppato tutto da solo.» La voce di Ashton è calma, ma non mi sento minimamente tranquillo, ascoltandolo parlare di Nova.

«Pensi che quei sentimenti siano autentici solo perché non li hai mai provati prima. Cosa succederà quando incontrerai un'altra ragazza che ti farà perdere la testa? Spezzerai il cuore di Nova, e io sarò quello che dovrà raccogliere i pezzi.» Non voglio vedere la mia sorellina ferita dal mio migliore amico.

«Okay, so di aver commesso qualche errore in passato con le ragazze...»

«Qualche?» Rido della sua esagerazione di "qualche". Ha dormito con tonnellate di ragazze, più di quante io possa tenere il conto, e dubito che Ashton sappia nemmeno con quante ragazze in totale sia andato a letto.

«Ho fatto casino, ma questo non significa che continuerò a farlo.»

«A me sembra proprio di sì. È tutto ciò che hai sempre fatto, Ashton. Sei il Capitano della Squadra Scopa-Ragazze.»

Non fa una piega. «Non è vero. E nessuno mi chiama così.»

«La *squadra* ti chiama così.»

«Bugiardo.» Ashton mi guarda. «Ammettilo. Sei solo geloso di quello che io e Nova abbiamo.»

Ha perso la testa? «Mi stai prendendo in giro. Posso garantire che non sono minimamente geloso della tua relazione *con mia sorella*.»

Lo guardo, e lui alza le spalle. «Semantica. Sai cosa intendo. Quello che condividiamo, il fatto che siamo vicini e possiamo dirci tutto. Non ci sono segreti tra noi. Ci piacciamo veramente a vicenda e possiamo sopportare di stare nella stessa stanza.»

Sussulto alla sua menzione dei *segreti*. È questo che sta lacerando Harper e me ad ogni passo. Quando le cose finalmente tornano in carreggiata, ci sono nuovi segreti, nuove sorprese che sembrano voler trovare la loro strada per distruggere la nostra relazione.

Non questa volta.

Non più.

Non permetterò a niente e nessuno di mettersi tra Harper e me.

Esalando un pesante sospiro, imbocco la deviazione per la strada della nostra missione. Mancano quasi due ore a mezzanotte, il che dovrebbe darci abbastanza tempo per esplorare la zona senza essere visti.

Le nuvole sono dense, il cielo nero come la pece.

La strada è coperta di neve, ma il sentiero ha già diverse tracce di pneumatici che salgono per la via desolata.

«Spegni i fari,» ordina Ashton, come se prendessi ordini da *lui*.

«E finire fuori strada? No, grazie. E la nostra conversazione non è finita.» È troppo buio per spegnere i fari e percorrere in sicurezza questa strada stretta.

«Non sognerei mai di concluderla ora,» sibila Ashton. «Non preoccuparti, se vuoi scontrarci sul ghiaccio, ci sto.»

«Vuoi davvero combattere contro di me? Sai che ti prenderò a calci nel culo, Rinaldi.»

Ha un bel coraggio! Dopo avermi tradito e averci provato con mia sorella minore, adesso vuole anche litigare con me?

Ride, scuotendo la testa. «Credi davvero di potermi battere?»

«Non sarebbe la prima volta.» Gli lancio un'occhiata fulminante mentre cerco di mantenere la concentrazione sulla strada a una corsia.

«È buffo che tu pensi di avermi mai battuto. Ti ho lasciato vincere, Ricci.» Il tono compiaciuto della sua voce mi disgusta.

Tutte stronzate. «È questo che ti racconti?»

Salgo lentamente sulla montagna, non volendo che il rombo del motore avvisi qualcuno della nostra presenza. Ma giuro che la nostra lite a voce alta è molto più rumorosa di qualsiasi ronzio del veicolo.

Almeno fuori è deserto ed è piena notte.

Raggiungiamo la cima dove il terreno è pianeggiante. Davanti a noi c'è l'edificio malmesso di quella che una volta era una baita. È abbandonata, buia e fatiscente.

«Se tocchi ancora mia sorella, ti farò fuori a mani nude.»

«Non spetta a te proteggerla. Non più,» dice Ashton con rabbia. «È mia. Io sono suo. Tu sei solo il suo fratello maggiore fastidioso che interferisce nella sua vita.»

«Esci dalla mia macchina.» Freno bruscamente, le ruote che girano sul ghiaccio, sollevando melma.

Ashton mi lancia un altro ordine, ignorando il mio comando. «Gira. Siamo allo scoperto. Non possiamo parcheggiare qui.»

Lo ignoro. «Esci. Fuori. Dalla. Macchina.» Il calore mi brucia le guance e stringo il volante così forte che mi chiedo se possa staccare la pelle.

«Con piacere. A proposito, Nova ti odierà quando la chiamerò per dirle che stronzo sei.» Ashton spalanca la portiera ed esce.

«Spione.»

L'aria fredda turbina nella macchina. È gelida, l'aria notturna un promemoria del lavoro che siamo venuti a fare.

Il mio stomaco sprofonda.

«Ashton...»

«Vaffanculo, Ricci.» Ashton sbatte la portiera, dileguandosi nell'oscurità.

Non posso inseguirlo e lasciare la macchina abbandonata davanti alla baita.

Faccio un'inversione a U sulla strada stretta e torno indietro. Guardando l'orologio, abbiamo meno di un'ora prima che inizi il vero divertimento. Ci è voluto più tempo del previsto per salire sulla montagna.

E ho appena lasciato Ashton allo scoperto, al freddo, da solo.

Non ci vogliono minuti perché la vergogna si accumuli dentro di me, ma secondi.

Rimpianto.

Ma non posso parcheggiare allo scoperto, non senza essere visto.

Ashton può cavarsela da solo per venti minuti mentre cerco di capire dove diavolo parcheggiare la macchina e tornare a piedi sulla strada, non visto.

I fari della mia auto rivelano un burrone su entrambi i lati mentre scendo lentamente lungo il sentiero da cui siamo venuti.

Ho disperatamente bisogno di trovare una strada laterale, un posto dove parcheggiare, per poi proseguire a piedi e raggiungere Ashton.

Ma non ho notato nulla durante la salita. Stavamo anche litigando, il che significa che non avessi esattamente la testa a posto.

Dovrò prestare più attenzione scendendo lungo la strada fangosa.

Mentre scendo lentamente per la strada a una corsia, i fari si riflettono sugli alberi in lontananza.

Merda.

È un altro veicolo che sale per la strada.

Tocco i freni e scivolo sulla strada ghiacciata e giro il volante, evitando di cadere nel burrone.

Ho lo stomaco in gola e impreco sottovoce.

Il veicolo davanti a me fa rombare il motore e avanza, avendomi avvistato. Accendono gli abbaglianti, accecandomi.

Ho poca scelta se non mettere la mia auto in retromarcia. Premo l'acceleratore a tavoletta, guidando all'indietro, guardando oltre la spalla mentre navigo pericolosamente sul bordo della montagna e sulla stretta strada a una corsia nella neve, finché non mi ritrovo di nuovo davanti alla baita malmessa.

Non è proprio l'ideale.

Tanto per essere discreti.

Dove diavolo è Ashton?

Afferro il telefono e tento di chiamare Dante, ma la chiamata fallisce immediatamente.

Uomini scendono a frotte dal veicolo davanti a me, bloccando la strada, con le armi puntate. Il motore dell'auto è al minimo e i fari che mi accecano.

Una figura oscurata scende, l'uomo che era seduto dietro il conducente, fumando una sigaretta. Gli penzola dalle labbra mentre alza la mano destra, facendo un gesto per avanzare.

Due uomini che non riconosco vengono alla portiera del conducente, sfondano il finestrino della mia auto, spalancano la mia portiera e mi strappano via dal veicolo.

Sono completamente nelle loro mani.

Continua...

L'AUTORE

Willow Fox ama la scrittura da quando ancora andava al liceo (molte ere fa). I suoi romanzi ambientati in provincia, riflettono la vita delle piccole città dell'America rurale.

Che stia scrivendo romanzi romantici o seduta all'aperto accanto al fuoco a leggere un buon libro, Willow adora le pagine colme di parole di scritte.

Sogna il colpo di fulmine e spera di riuscire a farlo scattare nei suoi lettori!

Visita il suo sito web:

https://shopwillowfox.com

ALTRO DA WILLOW FOX

Eagle Tactical Series

Svelato: Jaxson

Invisibile: Mason

Nascosto: Lincoln

Infiltrato: Jayden

Matrimoni Di Mafia

Voto Segreto

Voto Prigioniero

Voto Selvaggio

Voto Non Voluto

Voto Spietato

Fratelli Bratva

Boss Brutale

Boss Diabolico

Boss Possessivo

Boss Ossessivo

Boss Pericoloso

Padre Single Autoritario

Il Burbero Miliardario

Burbero di Montagna

Il Burbero Scapolo

Romance degli Ice Dragons

Fingere con il Miliardario

Sfidare il Giocatore di Hockey

Arrestare il Giocatore di Hockey

Ghiaccio Cremisi

Tra Lame e Sangue

Tra Ghiaccio e Giuramenti

Tra Fuoco e Gelo

www.ingramcontent.com/pod-product-compliance
Lightning Source LLC
LaVergne TN
LVHW091249110826
845146LV00002BA/594

* 9 7 9 8 8 8 6 3 7 3 2 1 9 *